KB123962

로크미디어가
유혹하는
재미있는 세상

ROK
MEDIA
로크미디어

개벽국

개혁 군주 3

2022년 2월 17일 초판 1쇄 인쇄
2022년 2월 22일 초판 1쇄 발행

지은이 이윤규
발행인 김정수 강준규

기획 이기헌 왕소현 박경무 강민구
책임편집 최전경
마케팅지원 배진경 임혜솔 송지유 이영선

발행처 (주)로크미디어
출판등록 2003년 3월 24일
주소 서울시 마포구 성암로 330 DMC첨단산업센터 318호
Tel (02)3273-5135 **편집** 070-7863-8592 **Fax** (02)3273-5134
홈페이지 rokmedia.com **E-mail** rokmedia@empas.com

ⓒ 이윤규, 2022

값 8,000원

ISBN 979-11-354-7370-8 (3권)
ISBN 979-11-354-7367-8 04810 (세트)

개혁군주

이윤규 대체역사 소설 ③

| 절체절명 |

차례

거보를 내딛다.

　국왕이 계약에 전혀 개입하지 않으면서 세자에게 힘을 실어 주었다. 덕분에 세자는 역량을 제대로 발휘하며 계약을 이끌어 나갔다.

　그런 결과물이 국왕께 올려졌다.

　"이게 화란 상인과의 계약서더냐?"

　세자가 공손히 대답했다.

　"그러하옵니다. 모두 네 부를 작성했으며, 각각 정음과 영어, 네덜란드어와 일본어이옵니다."

　국왕이 찬찬히 내용을 살폈다.

　"중간중간 보고한 내용과 다르지 않구나. 그런데 이 내용대로라면 저들이 우리 요구를 대폭 수용한 거 같은데, 왜 그렇게 된 것이냐?"

대신들의 귀가 쫑긋했다. 이들은 세자가 어떤 식으로 설명할지 무척 궁금했다.

"화란은 나라 전체가 상인이라고 해도 과언이 아닐 정도입니다. 그만큼 모든 사람이 거래에 능하옵니다. 그런 상인들을 상대하는데 소자가 먼저 욕심을 차리고 들어가면 결코 원하는 바를 얻을 수 없다고 판단했습니다. 그래서 소자가 먼저 몇 가지를 양보했사옵니다."

국왕이 탁자에 놓인 성냥을 바라봤다.

"성냥에 대한 이권을, 그래서 넘겨준 것이냐?"

"그렇사옵니다."

"과인이 봐도 성냥의 가치는 대단한데, 어떻게 그걸 먼저 양보할 생각을 한 것이냐?"

"그래서 양보를 한 것입니다."

국왕이 눈을 빛냈다.

"가치가 대단해서 양보했다는 말이냐?"

"그렇사옵니다. 먼저 큰 이권을 양보해야 소자의 진정성을 알아줄 거라 여겼사옵니다. 다행히 소자의 그런 판단이 적중해 저들에게 양보를 대폭 받아 내었습니다. 그러면서 많은 양의 후추도 원가로 넘겨받았고요. 그것도 난파된 배를 수리하고 식료품을 공급하는 대가로요."

의외의 소득에 편전이 술렁였다.

개혁군주

국왕은 고개를 저으며 문제를 지적했다.

"본국은 난파된 배는 이유 여하를 막론하고 구난해 왔다. 그런데 어찌하여 그걸 빌미로 대가를 받았느냐?"

세자의 대답은 주저 없었다.

"거래는 물건을 파는 행위입니다. 그러나 소자는 마음을 먼저 팔아야 한다고 생각하옵니다. 소자가 먼저 커다란 이권을 양보하면서 신뢰를 얻었사옵니다. 후추를 대가로 받은 것은 그런 신뢰의 결과이옵니다."

편전에 잠깐 정적이 감돌았다. 그러다 감탄하는 소리가 여기저기서 들렸다.

국왕도 놀라 반문했다.

"마음을 얻은 덕분에 저들이 자청해서 수리비를 지불했다는 말이냐?"

"그러하옵니다. 준다는 걸 구태여 마다할 필요는 없다고 생각했사옵니다. 그리고 그렇게 얻은 소득으로 배를 수리할 우리 백성들의 품삯을 넉넉히 지급하였으면 좋겠사옵니다."

지금까지 이런 일이 발생하면 백성들을 강제로 동원해 일을 시킨다. 그런데 세자가 동원된 백성들의 품값을 지급하겠다고 한다.

이 말을 들은 국왕이 크게 기뻐했다.

"역시 우리 세자로구나. 저들에게서 얻은 이득으로 우리 백성을 챙겨 주자는 말이구나."

"예, 아바마마."

국왕이 즉석에서 결정했다.

"후추를 내탕금으로 값을 치르게 하겠다. 그렇게 해서 만든 금원을 경상좌수영의 장인들과 기장현의 백성들 품값으로 주자."

세자가 몸을 숙였다.

"그리해 주시면 아바마마의 하해와 같은 성은에 백성들이 크게 감복할 것이옵니다."

국왕이 호탕하게 웃었다.

"허허허! 일은 네가 다 했는데 공은 과인이 받게 되었구나."

편전의 분위기가 훈훈해졌다.

세자가 다시 말을 이었다.

"우리도 서양인을 양이라 부르며 폄훼하지만, 서양인의 인종차별은 훨씬 더합니다. 우리의 국력은 아직 미약하옵니다. 이런 상황에서 당장 서양까지 가서 거래하는 건 여의치 않습니다. 소자는 그래서 청국의 광주에서 서양 상인들과 교역을 하려고 했었습니다. 그런데 이제는 그럴 필요가 없어졌습니다."

국왕이 바로 알아들었다.

"이번에 온 화란 상인들 때문이구나."

"예, 아바마마."

중신 중 누군가 문제점을 지적했다.

"그렇게 저들에게 교역의 특혜를 주었다가 자칫 뒤통수를 맞을 수도 있지 않겠습니까?"

세자가 고개를 저었다.

"그 점은 조금도 걱정하지 않아도 됩니다. 저들이 감당할 수 있을 정도만 대행을 맡길 것이옵니다. 그리고 저들은 유능한 상인들이어서, 황금 알을 낳는 거위의 배를 가르지는 않을 겁니다."

중신들이 어리둥절했다.

"예? 황금 알을 낳는 거위라니요?"

세자가 황금 알을 낳는 거위의 동화를 각색해서 들려주었다. 중신들은 그런 동화를 마치 고전인 양 들으며 웅성거렸다.

국왕이 너털웃음을 터트렸다.

"허허허! 화란 상인들이 상무사를 황금 알을 낳는 거위로 생각할 거라는 말이구나."

"그렇사옵니다. 화란은 지금 나라가 누란의 위기에 처해 있사옵니다. 그로 인해 여러 문제가 산적해 있고요. 그런 상황에서 우리와의 교역 길이 트였다는 건 활로가 열린 거나 다름없습니다."

중신 중 누군가가 우려했다.

"상인들은 믿을 수 없는 자들이옵니다. 더군다나 양이는 더 그러하고요. 처음에는 고개를 숙일지 모르지만, 시간이 지나면 분명 뒤로 음흉한 짓을 벌일 것이옵니다."

세자가 단호히 부정했다.

"그 점도 걱정하지 않아도 돼요. 우리 선원들이 바타비아로 가서 범선을 받아 오면 곧바로 청국 광주와 일본 나가사키, 그리고 남방 각지와 교역을 시작할 거예요. 그리되면 저들이 더 조심하지, 삿된 마음을 가질 수가 없어요."

세자가 중신들을 보며 설명했다.

"모든 일을 전부 다 잘할 수는 없어요. 우리는 이제 막 대외 교역을 시작하려는 시점이어서, 아쉽게도 부족한 부분이 한두 가지가 아니에요. 그래서 지금 시점에서는 과감히 취사선택해야 합니다."

세자의 말은 일종의 충격이었다.

조선은 관리들을 박학다식하게 만들려고 한다. 유학에 근거한 이런 방침으로 인해 조정의 모든 관리는 수시로 자리를 옮기며 업무를 익혀 나간다.

이런 방침이 꼭 나쁜 것만은 아니다.

그러나 원칙 없는 부서 이동으로 인해, 실무는 하급 관리나 아전들의 몫이 되었다. 그로 인해 하급 관리와 경아전(京衙前)의 비리는 차고 넘치고 있었다.

그런데 세자는 다 잘할 수는 없으니 못하는 건 위탁을 하자고 한다. 잘하든 못하든 모든 걸 다 해 왔던 조정 중신들에게는 일종의 충격이었다.

그래서 국왕이 확인했다.

개혁군주

"취사선택이라면 잘하는 것만 하고 다른 건 버리자는 말이냐?"

세자가 고개를 저었다.

"버리면 전부를 잃습니다. 못하거나 부족한 부분은 위탁하는 거지요. 그러면 비용은 들어갈지 몰라도 일정 부분 성과를 얻게 됩니다. 저는 화란 상인들에게 우리가 부족한 부분을 위탁하려고 하는 겁니다. 다행히 저의 진정성을 저들이 알고 최소의 비용으로 일을 대행해 주려는 것이고요."

중신들이 술렁였다.

세자의 말이 이어졌다.

"물론 자신들의 실리도 분명 계산할 것이고요."

"그렇겠지. 뼛속같이 상인이라면 당연히 그렇게 처신했겠지."

"저는 일부러 넉넉하게 비용을 청구하라고 했어요. 그래야 더 열심히 노력해서 좋은 결과를 얻어 낼 터이니까요."

국왕이 고개를 끄덕이며 동의했다.

"좋다. 네가 시작한 일을 끝까지 잘 마무리하도록 해라."

"예, 아바마마. 그런데 청이 하나 있사옵니다."

"말해 봐라. 아비가 도울 게 있으면 뭐든지 해 주마."

"난파된 서양 범선에 선적된 물건을 가져와야 하옵니다. 그리고 남방의 바타비아로 가서 범선을 받아 올 인력이 필요합니다. 배의 수리도 서둘러야 하고요."

국왕이 즉석에서 명을 내렸다.

"즉시 기장 현감에게 파발을 보내 배를 수리하도록 지시하겠다. 그리고 배에 보관된 물목도 가져오도록 지시하마."

"황감하옵니다."

"구매하는 배는 얼마나 되고, 인력은 얼마나 필요한 게냐?"

"우리가 이번에 구매하려는 선박은 판옥선의 세 배 정도 되옵니다. 그래서 배 한 척에 오십여 명의 인력이 필요하옵니다."

편전이 크게 술렁였다.

국왕도 깜짝 놀라 확인했다.

"아니! 그렇게 큰 배를 들여온단 말이냐?"

"서양의 도량형으로 천 톤 정도입니다. 그 정도의 배도 원양에서는 별로 크지 않사옵니다."

"허허, 그게 별로 크지 않은 배라……."

세자가 설명했다.

"우리는 배를 연안용으로만 건조해 왔습니다. 연안에서 판옥선은 결코 작은 배가 아닙니다. 아니 그 어느 배보다 튼튼하고 유용하옵니다."

"네 말이 옳다. 과거 왜란 때 판옥선이 있어서 전라도를 지킬 수 있었다."

"그렇사옵니다. 그러나 대양에서 판옥선은 크기도 작고 선형도 부적합합니다. 원양항해를 위해서는 선형이 첨저형이어야 하고, 규모도 천 톤 정도는 되어야 합니다."

"배의 규모가 크면 좋겠지. 그런데 판옥선보다 세 배나 큰 배를 겨우 오십여 명으로 운용할 수 있단 말이냐?"

"정상대로 하면 두 배 정도가 필요하옵니다. 그런데 지금은 배를 인수만 해 오는 거여서 최소 인원만 있으면 되옵니다."

국왕이 고개를 저었다.

"기존의 상식으로는 이해가 되지 않는구나. 그런데 선원을 어떻게 구해 주면 좋겠느냐?"

좌의정 채제공이 나섰다.

"전하! 강화의 이 통어사(統禦使)로 하여금 인력을 엄선해서 보내도록 하시옵소서."

국왕이 문제를 지적했다.

"상무사의 일로 수군을 활용하자는 말씀이오?"

"지금으로선 그게 최선이옵니다. 우리 조선에는 수군 이외에 배를 능숙하게 다룰 수 있는 인력이 없사옵니다."

"허허! 수많은 백성 중에 사람이 없다니."

세자가 부언했다.

"배를 운용하려면 경험이 많아야 합니다. 그런데 우리 조선에서는 뱃사람을 천시해서 일을 배우려는 사람이 없습니다. 그렇다 보니 수군은 천역(賤役)으로 전락하고, 배를 만드는 장인들도 많지 않은 게 현실이옵니다."

국왕이 씁쓸해했다.

"허허! 장인들을 천시하는 전통이 이렇게 문제가 될 줄 몰랐구나."

이러던 국왕이 지시했다.

"도승지는 강화도로 사람을 보내 이 통어사로 하여금 황해, 경기, 충청도의 수군과 무장을 선발하게 하라."

"인원은 얼마나 선발하라 이를까요?"

"배 한 척에 오십여 명이 필요하다니 일차로 백 명을 선발하라. 그리고 계속해서 배가 들어온다고 하니 거기에 맞춰 추가 인원도 미리 확보해 두도록 하라."

"바로 전령을 보내도록 하겠사옵니다."

"그리하라."

도승지가 인사를 하고 물러갔다.

국왕이 세자를 바라봤다.

"세자야, 이 성냥은 우리 백성들도 필요하지 않겠느냐?"

"물론이옵니다. 지금 상무사에서 보부상들을 소집해서 기술을 전수하고 있사옵니다."

국왕이 크게 반겼다.

"허허허! 미리 알아서 잘하고 있구나. 그러면 성냥도 연필처럼 보급할 것이냐?"

"예, 아바마마. 백성들에게 성냥은 연필보다 더한 필수품이 될 것이옵니다. 그런 물건에 과도한 이문을 붙일 수는 없사옵니다. 그래서 보부상에게 생산비와 최소한의 이문만 남기고 보급하라고 했사옵니다."

"보부상이 그걸 받아들였느냐?"

"성냥은 가볍고 부피가 작습니다. 그래서 자신들이 취급하던 물건보다 많은 양을 지고 다닐 수 있다면서 흔쾌히 받아들였사옵니다."

"하하하! 다행이로구나. 잘했다."

경기감사 김문순(金文淳)이 우려를 나타냈다. 김문순은 안동 김씨로 김조순과는 먼 인척간이다.

"조선에는 지역마다 상단이 있사옵니다. 그럼에도 보부상에게 새로운 물건을 독점시키면 자칫 시장 질서가 교란될 수도 있사옵니다."

세자가 지적했다.

"바로 그게 더 큰 문제입니다."

김문순이 순간 당황했다.

"무엇이 문제라는 말씀이신지요?"

"조선의 상단은 그 지역 상권을 장악하고 있습니다. 그렇다 보니 나라가 금하는 도고 상업을 하게 되어 있고요. 그런 상단에 물건을 공급해 봐야 백성들에게 별 도움이 되지 않습니다. 무엇보다 가격도 통제를 못 하고요."

호조판서 이시수가 나섰다.

"저하께서는 지역의 상단을 해체해야 한다고 생각하십니까?"

세자가 고개를 저었다.

"그럴 수는 없지요. 앞으로 누구나 어디에서도 상행위를 할 수 있어야 합니다. 그렇지 않고 지금처럼 특정 상단이 지역 상권을 장악하고 있으면 폐단이 쌓이면서 관리들의 부패로 연결됩니다. 호조판서께서는 우리 조선의 가장 큰 병폐가 무엇이라고 생각하시는지요?"

세자의 질문에 다들 깜짝 놀랐다.

국왕도 놀라움을 숨기지 않고 반문했다.

"지금 세자가 호판에게 질문을 한 것이냐?"

"그러하옵니다."

"허허! 일일신 우일신이라더니 세자의 성장이 참으로 놀라울 따름이다. 질문을 받았으니 호판이 대답을 해야겠지?"

이시수가 은근히 얼굴을 붉히며 대답했다.

"지방 수령과 아전들의 부정부패입니다."

이 대답에 모두 고개를 끄덕였다.

그러나 세자의 생각은 달랐다.

"그것도 큰 문제 중 하나이지요. 그러나 저는 그보다 조정 관리들의 부정부패가 더 큰 문제라고 생각합니다."

같은 부정부패지만 내용은 달랐다.

이시수의 지적은 지방 수령과 외아전을 지목하며 남 탓을 했다. 그런데 세자는 거꾸로 조정의 잘못을 지적하며 중신들을 은근히 꾸짖었다.

국왕도 할 수 없는 지적에 중신들의 얼굴이 붉어졌다. 국왕은 거꾸로 세자를 신통방통한 눈길로 바라봤다.

"허허! 우리 세자의 지적이 통렬하구나."

세자가 슬쩍 한발 물러섰다.

"황공하옵니다. 저는 조정의 많은 분이 청렴하다는 걸 잘 압니다. 그런데 조정의 하급 관리와 경아전(京衙前)들은 그러지 못한 경우가 많다고 들었습니다."

이시수가 다시 의문을 제기했다.

"저하의 지적에 신도 공감하니 앞으로 잘 살피겠습니다. 그런데 보부상 문제를 논의하다 왜 갑자기 부패 문제를 거론하시는지요?"

"상무사는 앞으로 다양한 물건을 만들어 낼 것입니다. 그런 물건을 상단에 배정하면 반드시 부정부패가 개입될 것입니다. 그래서 저는 앞으로도 보부상을 적극 활용할 계획입니다."

"보부상이 부패할 수도 있지 않겠습니까?"

"그럴 수도 있겠지요. 하지만 다행히 보부상의 자율 상규는 엄정해서, 그러한 문제에 대해서는 크게 걱정하시지 않아도 될 것 같습니다."

세자의 장담에 중신 대부분이 동조했다. 이시수도 보부상의 규율을 잘 알고 있어서 더는 문제를 제기하지 않았다.

이날의 상참은 이렇게 끝났다.

❖

일은 빠르게 진행되었다.

어명이 먼저 부산 해운포의 경상좌수영으로 내려갔다. 어명을 받은 경상 좌수사가 몇 척의 배와 수십여 명의 선장(船匠)을 대동하고 기장으로 넘어갔다.

난파된 범선의 손상은 의외로 컸다. 그러나 유능한 장인들의 활약 덕분에 한 달여 만에 수선을 끝낼 수 있었다.

배가 수리되는 동안 네덜란드 선원들이 한양에서 내려왔다. 수선이 완료되자 네덜란드 범선은 조선 수군의 안내로 바다를 돌아 강화도로 올라왔다.

강화는 조수간만의 차가 크다. 그래서 범선은 바로 접안을 못하고 조금 떨어진 지점에 배를 정박해야 했다.

네덜란드 상선이 도착한 강화나루에는 많은 물건이 쌓여 있었다.

❋

얼마 후.

물이 들어오자 범선이 선착장에 접안했다.

대기하고 있던 시몬스는 선적을 직접 지휘했다. 선적에 이어 네덜란드 상인들과 백 명이 조금 넘는 조선 수군과 무관이 승선했다.

배에 오른 시몬스가 육지를 바라봤다. 그에게 박종보가 일본어 역관과 무관을 데리고 다가왔다.

박종보가 질문했다.

"무엇을 그리 바라보십니까?"

"돌아간다니 감회가 새롭네요. 이번 여정은 평생에 잊지 못할 일이어서 둘러보는 중입니다."

"그러시군요. 우리 수군 장병들을 잘 부탁드립니다. 말은 하지 않았지만, 많이들 불안해하고 있습니다."

시몬스가 조선 수군과 무관들을 둘러봤다. 박종보의 설명대로 한눈에 봐도 불안한 모습들이었다.

시몬스가 다독였다.

"걱정 마세요. 우리 네덜란드 사람들은 동양 사람을 차별하지 않습니다. 귀국과의 첫 거래이니만큼 우리 총독께서도 신경을 많이 쓰실 겁니다."

박종보가 옆에 있는 무관을 소개했다.

"이분이 우리 수군을 지휘할 수군만호입니다."

시몬스가 알은척을 했다.

"그렇지 않아도 세자께 수군 장수가 병사를 지휘할 거란 말은 들었습니다."

무관이 나섰다.

"그러셨군요. 인사드리겠습니다. 수군만호 오형인이라고 합니다. 본래는 강화도 초지진을 담당하고 있었는데 이번에 자원을 하게 되었습니다."

"오! 자원을 하셨다고요?"

"그렇습니다."

"그런데 수군만호라면 어느 정도 지위인지요?"

"품계로는 종사품이지요. 세자 저하께서 새로 정해 주신 계급으로 중령 정도입니다."

시몬스가 깜짝 놀랐다.

"귀국에서도 그런 계급을 사용합니까?"

역관이 설명했다.

"이번에 창설한 장용영의 강화여단부터 새롭게 도입되었습니다."

시몬스가 고개를 저었다.

"귀국은 알수록 놀라운 나라로군요."

무관이 설명했다.

"강화도는 본국 개혁의 본산이지요. 그래서 모든 게 새로우며, 처음 시도하는 것들이 많습니다."

"그렇군요."

이러는 사이 배가 천천히 출발했다. 그러나 이내 바람을 한껏 받으며 속도가 붙는 것을 보고서 오형인이 놀랐다.

"대단하군요. 노도 없는데 배가 이렇듯 쉽게 탄력을 받네요."

시몬스가 돛을 가리켰다.

"이게 다 돛이 많아서이지요. 저렇게 크고 작은 돛을 잘 활용하면 역풍에서도 속도를 배가시킬 수가 있답니다."

오형인이 욕심을 냈다.

개혁군주

"어떻게, 귀환하는 동안에도 저희를 가르쳐 주실 수 있겠습니까?"

"잠깐 기다리세요."

시몬스가 선장을 불러 사정을 알렸다.

선장이 흔쾌히 동의하면서 조선 수군들은 처음부터 항해술을 익힐 수 있었다. 이런 배려는 조선에 머물면서 받은 환대 덕분이었다.

세자는 이들이 조선에 머무는 동안 대우에 신경을 많이 썼다. 네덜란드 상인과 선원은 이런 환대에 크게 고마워했다.

네덜란드 선원들은 고마움을 잊지 않았다. 그래서 바타비아로 돌아가는 내내 자신들의 항해술을 적극 전수해 준 것이다.

처음에는 호의를 갚아 준다는 생각으로 시작되었다. 그러다 조선 수군의 습득 능력이 대단하다는 것을 알게 되면서 열성을 더했다.

덕분에 며칠 지나지 않아 오형인은 수시로 키를 쥘 수 있었다. 수군들도 자신들이 맡은 일만큼은 어렵지 않게 해낼 수 있었다.

허나 그렇다고 당장 배를 직접 관장할 수는 없었다. 조선의 판옥선과 범선은 다루는 기술 자체가 달랐다.

그리고 원양항해는 한 번도 해 본 적이 없었다. 그러나 항해술을 제대로 배울 수 있다는 희망을 품게 되었다.

이러다 목적지인 바타비아에 도착했다.

바타비아는 남방 열도의 하나인 자바에 자리한 도시다. 이 도시는 네덜란드 동인도회사의 거점이면서 네덜란드 동인도의 수도이다.

시몬스가 바타비아 항구를 설명했다.

"항구 모습이 조선과는 많이 다르지요?"

박종보가 소감을 밝혔다.

"예, 우리 조선과는 모든 게 다르네요."

"우리 네덜란드가 바타비아에 진출한 지가 벌써 300여 년이지요. 그런 세월이 흐르다 보니, 항구도 그렇고 도시도 본토와 다를 바가 없습니다. 다른 것은 이런 나무들과 원주민이지요."

오형인이 궁금해했다.

"귀사의 본국도 여기와 똑같다는 말씀인가요?"

"아주 같지는 않아요. 여기는 늘 무덥지만, 우리 본국은 훨씬 춥고 날씨가 거칠거든요."

"그렇군요."

시몬스가 항구 끝을 손으로 가리켰다. 그곳에는 여러 척의 배가 만들다 만 모습으로 서 있었다.

"저기 보이는 곳이 조선소입니다."

오형인이 눈을 빛냈다.

"그러네요. 그런데 작업이 중단된 것 같네요?"

시몬스가 씁쓸해했다.

"예, 본국에 사정이 생겨서 몇 달 전부터 작업을 하지 않고 있습니다."

"그렇군요. 그러면 협의가 잘되면 바로 배를 건조할 수도 있겠습니다."

"물론입니다. 총독께서 허가만 해 주면 바로 작업을 시작할 수 있습니다. 이미 건조된 배도 한 척 있고요."

"좋은 결과가 있었으면 좋겠습니다."

"저도 마찬가지입니다."

이러는 사이 배가 선착장에 정박했다. 시몬스는 조선 수군들을 남겨 두고, 견본으로 가져온 물건을 하역해서 시내로 들어갔다.

시몬스는 곧바로 총독 관저를 찾았다. 바타비아 총독 관저는 도시 광장 중앙에 있었다.

시몬스가 총독의 집무실로 들어가자 반 바스텐 총독이 반갑게 맞았다.

"어서 오게. 나가사키를 다녀오는 길인가?"

총독이 권하는 소파에 앉으며 시몬스가 고개를 저었다.

"나가사키는 가지 못했습니다."

총독이 놀랐다.

"아니, 왜? 무슨 일이 있었어?"

시몬스가 그동안의 과정을 차분히 설명했다.

"……그래서 지금 배에 조선의 수군 백여 명과 관계자가 대기하고 있습니다."

그러면서 보고서와 계약서를 제출했다.

설명을 들으며 놀랐던 총독이 급히 보고서를 읽었다. 그러고는 말없이 계약서를 살폈다.

"네 개의 언어로 되어 있구나."

"예, 그렇습니다."

총독이 네덜란드어로 쓰인 계약서를 들었다. 그리고 문구 하나하나를 살피며 정독했다.

"상당히 세밀한 부분까지 작성했네?"

"조선의 세자가 작은 부분도 놓치지 않더군요."

총독이 시몬스를 바라봤다.

"정녕 여섯 살에 불과한 아이가 그렇게 대단하단 말이야?"

시몬스가 고개를 저었다.

"저도 믿기지 않습니다. 조선의 세자는 총독께서 생각하시는 모든 상상보다 더 대단합니다."

"허허! 그래?"

"생각해 보십시오. 여섯 살에 불과한 동양의 아이가 어떻게 영어를 할 수 있다고 생각하겠습니까? 처음 영어 쪽지를 받고는 얼마나 놀랐는지 모릅니다. 그런데 직접 보니 그 당사자가 여섯 살이에요. 세상 물정은커녕 외국인과는 눈도 제대로 마주치지 못할 나이 아닙니까?"

총독이 동조했다.

"그건 그렇지."

"그런 세자가 저를 말로 압도할 때는, 아우! 솔직한 심정은 머리를 열어 보고 싶었습니다."

시몬스가 세자를 만났을 때의 상황을 설명했다. 총독은 설명을 듣고는 고개를 저었다.

"믿을 수가 없어. 어떻게 여섯 살에 불과한 아이가 그토록 뛰어나단 말이야?"

"제 말을 믿지 못하실 것 같아서, 조선의 세자를 함께 만난 선장과 동료를 데리고 왔습니다. 만나 보시겠습니까?"

총독이 즉석에도 승인했다.

"좋아. 그들을 들어오라 하게."

시몬스가 밖으로 나가서 동료들을 데리고 들어왔다. 그렇게 들어온 사람들은 시몬스와 똑같은 증언을 했다.

그들의 말을 듣고서야 총독은 겨우 고개를 끄덕였다. 그러나 여전히 믿을 수 없다는 표정이었다.

그것을 본 시몬스가 상자를 가져오게 했다.

"상자에 든 물건은 조선의 세자가 직접 연구 개발해서 만든 물건들입니다."

이러면서 뚜껑을 열었다. 그런데 그런 상자 안에는 서류가 각각 들어 있었다.

시몬스가 그 서류를 먼저 총독에게 건넸다.

"이 서류는 조선의 세자가 직접 작성한 특허 서류입니다.

조선의 세자는 저희에게 유럽 각국에 이 특허 서류를 먼저 제출해 달라는 의뢰부터 했습니다."

총독이 깜짝 놀랐다.

"그게 무슨 말이야? 지금까지 외국과는 교류조차 없었던 조선의 세자가 우리 유럽의 특허 제도를 어떻게 알고 이런 서류를 만들어?"

"그래서 대단하다는 겁니다. 그리고 그 특허 서류의 양식을 보십시오. 저는 솔직히 특허 서류를 그렇게 작성하는지도 몰랐습니다."

총독이 급히 서류를 펼쳤다. 그리고 특허 서류를 일일이 확인해 보고 탄성을 터트렸다.

"이야! 이건 거의 전문가 수준이잖아?"

"그래서 저도 서류를 보고 깜짝 놀랐었습니다."

이러면서 당시 상황을 설명했다. 그 설명을 듣던 총독이 심각한 표정을 지었다.

내가 먼저 받겠습니다

　총독이 서류를 다시 정독했다. 워낙 심각한 표정을 하고 서류를 들여다보는 바람에 주변 사람들도 긴장하며 기다렸다.

　그렇게 얼마의 시간이 흘렀다.

　"후! 이거 정말 믿기지가 않는구나. 이렇게 복잡한 계약을 여섯 살짜리가 주도했다니. 그런데 놀랍게도 서류가 너무 완벽해."

　그가 서류를 덮으며 고개를 저었다.

　"이런 일은 처음이다. 나는 총독이 되기까지 동양에서 수십여 년을 보냈다. 그 긴 기간 동안 동양 사람과 거래를 하면서, 이런 식으로 계약하자는 동양 사람을 본 적이 없어."

　총독이 다시 확인했다.

"시몬스, 이게 정녕 여섯 살짜리와 협상해서 만든 결과물이 맞아?"

시몬스가 총독의 심정을 이해했다.

"총독께서 왜 그런 말씀을 하는지 잘 압니다. 솔직히 협상을 직접 했던 저도 아직까지 믿기지가 않습니다. 그러나 분명한 점은 여섯 살인 조선의 세자가 계약을 주도한 게 맞습니다."

이때, 가만있던 선장이 나섰다.

"저는 협상하는 데 거의 참석을 했습니다. 그렇다고 의견을 개진하지는 않았고요. 그래서 보다 객관적으로 상황을 살펴볼 수 있었습니다."

총독이 바로 질문했다.

"자네는 어떻게 생각하지?"

"저는 조선과의 거래가 천재일우의 기회라는 생각이 들었습니다."

"그래?"

"예, 솔직히 우리의 사정이 좋지 않습니다. 본국이 프랑스의 속국이 되면서 이곳을 제외한 모든 식민지를 상실했습니다. 그렇다 보니 여기 사정도 별로 좋지가 않고요. 그래서 영국으로 망명한 공화국의 원수께서 이곳의 관리마저 영국에 일임하려고 할 정도이지요."

네덜란드는 한때 스페인령이었다. 그런 네덜란드가 독립

개혁군주

하면서 공화국이 되었다. 그리고 프랑스의 침공을 받아, 1795년 바타비아 공화국이란 위성국으로 전락되었다.

이런 사정을 떠올린 총독이 침음했다.

"으음!"

"그런데 문제는 본국에 들어선 바타비아 정부가 이 지역을 직할령으로 만들려고 한답니다. 그러면 우리 동인도회사는 어떻게 되겠습니까? 영국에 위임이 되어도 문제고, 직할령이 되어도 문제가 되지 않겠습니까?"

방 안 사람들의 얼굴이 일그러졌다. 한동안 방 안에 무거운 침묵이 내려앉았다.

그러다 총독이 한숨을 길게 쉬었다.

"후! 생각만 해도 가슴이 답답해. 그건 그렇고, 선장은 무슨 생각으로 조선과의 교역이 천재일우의 기회라고 생각하지?"

"저는 우리 동인도회사가 해산한 이후를 생각했습니다."

사람들이 모두 크게 놀랐다.

시몬스가 바로 나섰다.

"선장은 우리 회사가 해산된다고 생각해?"

선장이 무겁게 고개를 끄덕였다.

"우리 동인도회사가 보유한 식민지 중 가장 큰 곳이 여기잖아. 여기를 장악하면 향신료를 독점할 수 있잖아. 탐욕스러운 프랑스는 분명 영국이 관리하도록 놔두지는 않을 거야. 내 생각으로는 프랑스가 본국의 바타비아 정부를 압박해 이

지역을 직할령으로 만들 거야."

다른 상인이 동조했다.

"저도 선장의 예상에 동의합니다. 프랑스는 인도에서 영
국에게 밀린 대가를 분명 여기서 찾으려고 할 겁니다. 그렇
게 하려면 무조건 우리 회사를 해산시켜야 하고요."

모두의 표정이 더없이 어두워졌다.

선장의 말이 이어졌다.

"그렇습니다. 만일 회사가 해산되면 우리는 어떻게 되겠
습니까? 본국으로 돌아가거나 아니면 여기서 일반 상인의
길을 걸어야 하지 않겠습니까?"

총독이 씁쓸한 표정을 지었다.

"가장 먼저 내가 해임되겠지. 총독부에 소속된 직원들은
귀국하란 명령이 떨어질 것이고."

"그렇게 될 겁니다. 프랑스에 반감을 가진 우리를 재기용
하지는 않겠지요. 아마도 본토에서 프랑스와 가까운 자들이
대거 몰려올 겁니다. 그리되면 개인적인 교역을 하는 데에도
이런저런 간섭을 받게 될 겁니다."

선장의 지적에 총독이 고개를 저었다.

"그런 간섭을 받으면서 교역할 수는 없어. 그런데 우리가 조
선과 교역을 한다고 해서 그런 문제점이 해소되지는 않잖아?"

"그렇지 않습니다. 조선은 왕실이 상단을 만들어 대외 교
역을 시작했습니다. 거기다 수군까지 보내 항해술을 배우려

개혁군주

하고 있고요. 우리가 그런 조선에 적극적인 도움을 준다면, 조선의 세자는 절대 그 공을 잊지 않을 겁니다."

총독이 다시 질문했다.

"우리가 적극적인 도움을 주고 그 대가로 나가사키 같은 독점 개항장을 만들자는 거야?"

"그것도 가능하겠지요. 그러나 그렇게 되기까지는 상당한 시간이 걸릴 겁니다. 그보다 저는 상무사와 적극적으로 협력하면서 대외 교역을 도와주었으면 합니다. 그 대가로 일정 지분을 얻고요."

"일정 지분이라면 도움의 대가로 돈을 받자는 거야?"

"꼭 돈이 아니어도 됩니다."

선장이 상자를 가리켰다.

"저는 도움의 대가로 조선이 만들어 낼 물건의 독점 판매권을 얻는 게 좋다고 생각합니다. 그리고 저들이 해외 개척을 할 때 도움을 주고서 일정 지역을 얻을 수 있으면 더 좋고요."

총독의 눈이 커졌다가 이내 고개를 저었다.

"조선이 해외 개척을 한다고? 어려워. 지금까지 동양 국가가 해외 식민지를 개척한 적이 없어."

선장이 강하게 주장했다.

"당장은 어렵겠지요. 그러나 힘을 기르면 충분히 가능하다고 생각합니다. 조선에서 우리가 상대해야 하는 사람이 누구입니까? 다음에 왕이 될 세자입니다. 그런 세자가 수군을 보냈다는 건 무엇을 의미하겠습니까?"

"수군을 양성하려는 뜻이겠지."

"맞습니다. 우리 도움으로 수군이 양성되면 해외 진출을 하려 하지 않겠습니까?"

선장의 열변에 분위기가 급격히 달아올랐다.

시몬스도 조심스럽게 동조하는 의견을 냈다.

"충분히 일리 있는 말입니다. 저는 조선을 적극 도우면서 돌파구를 찾자는 제안에 찬성합니다. 그리고 조선의 세자가 천재이고 어리다는 점이 두고두고 도움이 될 겁니다."

시몬스의 동조에 선장의 목소리가 높아졌다.

"그렇습니다. 조선의 세자는 어린 나이임에도 상무사를 만들어 대외 교역을 시작했습니다. 그러면서 대담하게 수군을 양성하려 하고요. 저는 그런 조선의 세자가 그대로 성장한다면 동양의 항해왕자가 될 수도 있다고 생각합니다."

사람들의 심장이 크게 뛰었다.

선장이 말한 항해왕자는 대항해시대의 문을 연 포르투갈의 엔리케 왕자를 말한다. 엔리케는 새로운 범선까지 만들면서 해외 개척을 적극 지원했다.

덕분에 변방 소국이었던 포르투갈은 최초의 해양 대국이 되었으며, 한동안 세상의 바다를 지배할 수 있었다. 이런 엔리케 왕자를 바닷사람이라면 누구나 존경하고 있었다.

총독이 처음으로 기대감을 나타냈다.

"으음! 조선이 그렇게만 된다면 우리로서는 더 바랄 게 없지."

선장의 말이 이어졌다.

"조선의 세자는 뛰어난 사람입니다. 아니, 너무 뛰어나서 오히려 두려울 지경이지요. 그런 사람이 바라는 바를 우리가 도와준다면 분명 적절한 보상을 해 줄 겁니다."

시몬스도 적극 동조했다.

"맞습니다. 다른 건 차치하고 상무사와 교역하는 자체가 우리에게 기회입니다."

총독이 사람들을 둘러봤다.

"그런데 우리가 도움만 주고 내처질 수 있다는 생각은 하지 않아?"

시몬스가 고개를 저었다.

"그럴 일은 걱정하지 않아도 됩니다. 조선의 세자는 거래를 잘 압니다. 일을 추진할 때마다 협의해서 진행한다면 뒤통수를 맞을 일은 없습니다."

총독이 서류를 집어 들었다.

"하긴, 여섯 살짜리가 이 정도로 철저하게 계약을 챙길 정도면 더 말할 것도 없지."

"예, 우리가 욕심을 부리지 않는다면 조선의 세자는 절대 배신하지 않을 겁니다."

잠시 생각하던 총독이 결정했다.

"좋아! 여러분의 의견대로 추진해 보자."

시몬스가 고개를 숙였다.

"감사합니다."

총독은 주의도 잊지 않았다.

"잘못되면 우리에게는 치명적이야. 그러니 일을 추진하기 전에 조선의 세자와 그에 대한 논의를 충분히 하고서 시작하자."

"그렇게 하겠습니다. 그리고 이번에 계약한 내용은 어떻게 할까요?"

"당연히 먼저 진행해야지. 조선 세자의 신뢰를 얻으려면 첫 거래부터 철저하게 챙겨야겠지. 그 부분은 시몬스가 책임지고 진행하도록 해."

"그렇게 하겠습니다."

시몬스의 목소리가 더없이 밝았다.

※

그리고 석 달이 흘렀다.

조선은 그동안 격동이 휘몰아쳤다. 시작은 세자가 꿈에서 봤다며 세상에 관해 저술한 책이었다.

세자는 사람들에게 환상을 심어 줄 정도로 미래 세계를 실감 나게 저술했다. 그러면서 조선의 미래에 대해서도 과감하게 적시했다.

이게 격랑을 불러왔다.

세자는 끝없는 당파 논쟁이 나라를 허약하게 만들었다고 했다. 그로 인해 세도정치가 들어서서 나라를 썩게 만들면서 종내는 망했다고 했다.

다른 사람도 아닌 세자다.

그런 세자가 파벌과 세도 때문에 나라가 망했다고 하니 나라가 뒤집혔다. 그런데 꿈에서 본 미래가 그렇다고 하니 대놓고 반박할 수도 없었다.

그렇다고 무시할 수도 없었다.

세자는 자신이 가진 능력을 십분 입증하고 있었다. 이런 세자의 통렬한 비판에 지각 있는 사대부와 백성들은 환호했다.

세자의 저서는 급속히 퍼져 나갔다. 더불어 자정의 목소리가 들불처럼 번져 나갔다.

지금까지는 당파 논리가 우선이었다. 당이 다르면 아예 한자리에 앉지도 않으려고 할 정도다.

그렇지만 나라가 망하더라도 당파를 우선하려는 것은 아니다.

세자의 저서가 보급되면서 조정에서 당파 논쟁이 급격히 줄어들었다. 특히 세도정치가 망국을 촉발했다는 내용에 모두들 바짝 긴장했다.

국왕의 즉위 초기 세도정치로 인해 홍역을 치렀었다. 그래서 세도정치를 막아야 한다는 데에는 당파가 따로 없이 한목소리를 냈다.

이런 분위기가 조정을 지배하면서 극렬한 논쟁이 급격히 줄어들었다. 물론 그렇다고 해서 당파 논리가 완전히 없어지지는 않았다.

그러나 변화의 물결은 분명 일고 있었다.

세자는 처음부터 익위사를 적극 활용했다.

개개인의 무력을 크게 향상시켰으며, 정보 수집 능력도 꾸준히 배가시켰다. 보부상을 통해 수집한 지방의 정보도 정기적으로 보고받았다.

이날도 세자는 보고 내용부터 살폈다. 그런 보고의 상당 부분이 자신이 쓴 책에 대한 반응이었다.

"책의 반향이 상당하네요. 경상도에서 유생들이 집결해 당파 논쟁에 관해 격론을 벌였다는군요."

이원수가 거들었다.

"경상도뿐이 아닙니다. 전라도에서는 유생들이 상경하자는 말까지 돌고 있다고 합니다."

다른 무관도 거들었다.

"책 한 권으로 나라가 이렇게 들썩이는 건 처음이옵니다."

"맞습니다. 소인도 이런 경우는 처음 봅니다."

세자가 공을 국왕에게 돌렸다.

"모든 게 아바마마 덕분이에요. 아바마마께서 책의 출간을 허용하지 않았다면 이런 일이 일어나지 않았을 거예요."

세자의 말대로다.

국왕은 몇 년 전부터 학문의 기풍을 엄히 다스려 왔다. 그래서 청나라에서 서적 수입도 금지했으며, 문학 작품도 읽지 못하도록 했다.

군사(君師)를 자부하는 국왕의 이런 조치는 학문을 앞세운 일종의 정국 장악이었다. 그로 인해 조선의 문학은 한동안 엄혹한 시절을 보내야 했다.

이러던 국왕이 몇 개월간 세자와 깊은 대화를 나누면서 달라졌다. 서적 수입을 허용하고 문학 작품에 대한 검열도 하지 않았다.

고증학이나 북학파 등의 사상 전파도 허용해 주고 있었다. 덕분에 새로운 문학 사조가 생겨나고 개혁 성향의 시류가 크게 형성되고 있었다.

세자는 이런 변화에 흡족해했다.

"변화의 바람이 이는 건 무엇보다 고무적이에요. 더구나 지방의 변화는 더없이 좋은 현상이고요"

"맞습니다. 이런 분위기가 지속된다면 백성들도 변화를 자각하게 될 것 같습니다."

"그리만 된다면 더없이 좋은 일이지요."

이때였다.

"전하! 약학청장과 기술개발청장께서 드셨사옵니다."

세자가 자리에서 일어났다.

"어서 드시라 하세요."

문이 열리고 정약용과 박지원이 들어왔다.

"두 분께서 함께 오셨네요? 무슨 일이라도 있는 건가요?"

박지원이 너털웃음을 터트렸다.

"허허허! 저희 두 사람이 저하께 보고드릴 일이 있어서 함께 왔습니다."

세자가 눈을 빛냈다.

"무슨 보고이지요?"

정약용이 먼저 대답했다.

"저하! 기뻐해 주십시오. 드디어 천연두를 예방할 종두 시약을 완성했사옵니다."

세자가 깜짝 놀라 소리쳤다.

"정말이에요?"

정약용이 보자기로 싼 물건을 올렸다. 그리고 보자기를 풀고서 내용물을 꺼냈다.

"여기 그동안의 개발 과정을 정리한 보고서입니다. 그리고 이 상자에 들어 있는 약병은 종두이고 옆에 있는 것은 시술 도구이옵니다."

세자가 먼저 시술 도구부터 살폈다.

아직은 주사기를 만들 기술력이 없었다. 그래서 세자는 시약을 직접 찍어서 접종할 수 있는 도구를 설계했다. 이 도구는 얇고 길었으며, 끝이 날카롭고 갈라져 있었다.

세자가 도구를 살피다 칭찬했다.

"잘 만들었네요."

"의원들이 사용하는 데 최대한 불편을 느끼지 않게 만들었습니다. 그리고 접종을 할 때 시약을 정량하는 데 문제가 없게 만들었고요."

"잘하셨습니다. 이 도구에서 그게 제일 중요한 관건이었어요."

박지원이 궁금해했다.

"시험은 많이 해 보았소?"

"대략 오백여 회에 걸쳐 시험했습니다."

박지원이 놀랐다.

"상당히 많이 시험했구려. 그런데 문제는 발생하지 않았소?"

"다행히 미열이 조금 있었던 것을 제외하면 부작용은 전혀 없었습니다."

"대단하구려. 그런데 왜 시료를 우두(牛痘)에서 채취하는 것이오? 인두(人痘)도 있는데."

정약용이 정색을 했다.

"인두는 약성이 독합니다. 제가 청국의 문헌을 찾아 확인해 본 바에 따르면, 인두를 접종하면 열에 두셋은 문제를 일으킨다고 합니다. 그런 위험을 안고 접종할 수는 없지요. 반면에 우두는 그런 위험성이 거의 없었습니다."

박지원이 우려했다.

"약효가 좋은 건 다행이지만 사람들이 어떻게 생각할지가 문제요."

"마마는 천형입니다. 그런 천형을 이기는 데 우두가 무슨 상관이 있겠습니까?"

이러던 정약용이 갑자기 울컥했다.

"아이가 마마에 걸려 죽어 갈 때 저는 아무것도 못해 주었습니다. 그때 저의 심정은 피가 마르고 죽고 싶었습니다. 그렇게 셋을 먼저 보냈습니다. 그래서 저는 더 이상 저처럼 불행한 아비가 나오지 않기를 바라는 심정으로 이 약을 만들었습니다."

박지원도 한숨을 내쉬었다.

"후! 하긴 나도 정 청장과 같은 불행을 겪은 사람이니 더 말해 무엇 하겠소."

그때 세자가 나섰다.

"그만들 하세요. 이번에 만든 종두는 분명 우리 백성들의 삶을 바꿀 거예요. 만일 우두가 문제가 된다면 내가 먼저 접종을 받을 겁니다."

두 사람이 펄쩍 뛰었다.

"저하! 고정하십시오. 이제 막 완성된 종두를 먼저 접종받으시겠다니요. 그리되면 피바람이 불 수도 있사옵니다."

"왜요? 오백여 회나 시험을 해서 안전성을 얻어 냈잖아요. 그런데 뭐가 문제가 된다고 그러세요."

박지원이 고개를 저었다.

"아무리 그렇다고 해도 저하께서 먼저 나서시면 큰 사달이 생깁니다. 잘못하다간 예방접종 자체가 폐기될 수도 있사옵니다. 그러니 이번만큼은 주변을 생각하셔서 자중해 주십시오."

"……알겠어요. 허나 우두를 갖고 문제를 삼아 예방접종에 차질이 생긴다면 그때는 내가 나설 거예요."

정약용이 한숨을 내쉬었다.

"후우! 그런 일이 있을 것을 우려해 보고서를 상세히 작성했습니다. 아마도 보고서의 내용이 알려지게 되면 큰 문제는 없을 것이옵니다."

"그랬으면 좋겠네요. 그런데 박 청장님께서는 무슨 보고를 하러 오신 거지요?"

"허허허! 우리 청에서도 이번에 신제품을 개발했습니다. 그래서 그걸 보여 드리러 왔습니다."

"오! 그래요?"

"그런데 물건이 커서 밖에 나가야 보실 수 있사옵니다."

세자가 벌떡 일어났다.

"그러면 어서 나가 봐요."

세자가 아이처럼 급히 나갔다.

그 모습을 본 두 사람은 서로를 보며 빙긋이 웃었다. 세자가 처음으로 아이처럼 행동했기 때문이다.

"이야! 이거 탈곡기잖아!"

박지원이 웃었다.

"허허! 저하께서 물건을 보자마자 알아보시는구려. 자 우리도 나가 보십시다."

"예, 청장님."

두 사람이 밖으로 나가자, 세자는 벌써 내관을 시켜 탈곡기를 시험하고 있었다.

"조심해서 발을 굴러. 조심해서 작동하지 않으면 돌아가는 통에 다칠 수가 있어."

"예, 마마."

내관이 조심스럽게 발판에 발을 올렸다. 처음에는 천천히 돌아가던 탈곡기가 이내 속도를 냈다.

윙! 윙! 윙!

세자가 탈곡기를 살피다 환호했다.

"이야! 잘 만들었네. 이 정도면 두고두고 쓸 수가 있겠어요."

박지원이 설명했다.

"저하의 명대로 좋은 재질의 나무를 엄선했습니다. 비를 맞지 않고 소모품만 잘 교환한다면 10년을 써도 문제가 없을 것입니다."

"잘하셨어요. 추수가 얼마 남지 않았는데 공급은 어떻게 준비하고 있지요?"

"저하의 지시대로 개발 전부터 보부상과 연계해 두었습니다. 그래서 대부분의 부품은 이미 팔도에 있는 보부상의 공장으로 보냈습니다. 저하의 명만 떨어진다면 추수 전까지 각

개혁군주

고을마다 열 대씩 보급될 것이옵니다."

세자가 크게 흡족해했다.

"잘하셨어요. 그런데 고을마다 열 대를 보급하려면 삼천여 대를 만들어야 하는데, 보급에 문제는 없겠어요?"

"문제없습니다. 명이 떨어지면 본청의 장인들이 팔도로 파견할 겁니다. 그래서 현지에서 조립해 보급하면 시간이 크게 단축될 것입니다."

"준비를 잘해 주셔서 고맙네요. 우선은 아바마마께 보여야 하니 잠시 기다리세요."

세자가 김 내관을 대전으로 보냈다.

❁

얼마 지나지 않아 국왕과 몇 명의 대신이 동궁을 찾았다. 국왕과 대신들은 처음 보는 탈곡기를 보고 크게 놀랐다.

"이게 대체 어디에 쓰는 물건이더냐?"

박지원이 설명했다.

"이 물건은 저하께서 직접 설계하신, 곡물의 낟알을 털어 내는 탈곡기이옵니다."

국왕이 깜짝 놀랐다.

"도리깨질을 하지 않아도 된다는 말인가?"

"그렇사옵니다. 먼저 시연을 보여 드리겠습니다."

놀랍게도 박지원이 직접 나서서 구름판을 밟으며 설명을 했다. 그 모습을 본 세자는 놀라면서도 그의 적극적인 행동에 크게 만족했다.

국왕과 대신들은 정신이 없었다.

지금까지 탈곡기와 같은 물건은 없었다.

발로 구름판을 밟았을 뿐인데, 그 힘으로 통이 엄청난 속도로 돌아갔다. 국왕도 몇 번을 살펴보고서야 작동 원리를 이해했다.

"허허허! 대단한 물건이 나왔구나. 이 탈곡기를 사용하면 백성들의 수고를 덜뿐더러, 부서지는 낟알도 크게 줄일 수 있겠다."

박지원이 설명했다.

"저희 예상으로는 이 탈곡기 하나면 거의 백 명의 일손을 덜 수 있을 것 같사옵니다."

대신들이 술렁였다.

국왕도 놀라 반문했다.

"그렇게나 인력을 절감할 수 있어?"

세자가 거들었다.

"백여 명은 추산이고, 제대로 잘 관리한다면 수백여 명의 인력을 절감하게 될 것이옵니다."

"허허! 대단하구나. 그야말로 일당백의 기계가 아닌가!"

박지원의 설명이 이어졌다.

"탈곡기를 사용하면 볏짚도 제대로 모을 수 있어서 이중의 효과를 거둘 수 있사옵니다."

볏짚의 활용도는 다양하다.

새끼를 꼬고 짚신을 삼거나 가마니, 멍석, 망태기 등의 용도로 사용한다. 그러고도 남은 짚은 소의 여물로 주니, 그야말로 버릴 게 하나도 없다.

이런 사정을 모두가 알고 있었기에 박지원의 설명에 하나같이 고개를 끄덕였다.

국왕이 크게 치하했다.

"박 청장이 이번에 큰일을 해냈네. 물건을 만드느라 고생이 많았소."

박지원이 얼른 몸을 숙였다.

"아니옵니다. 신은 그저 세자 저하께서 설계해 주신 도면대로 만들었을 뿐이옵니다. 탈곡기를 만들 수 있었던 건 지하 덕분이옵니다."

모두의 시선이 세자에게 쏠렸다.

세자가 국왕에게 공을 돌렸다.

"아바마마께서 기술개발청의 설립을 윤허해 주셨기에 이런 성과를 얻을 수 있었사옵니다."

국왕이 너털웃음을 터트렸다.

"허허허! 과인이 요즘 세자 덕에 웃는 날이 많구나. 세자도 그렇고 박 청장과 휘하의 관원, 장인 모두들 애 많이 썼다."

"황감하옵니다."

"그런데 문제는 보급인데, 그에 대한 준비는 하고 있느냐?"

박지원이 보급 과정을 다시 설명했다. 그 설명을 들은 국왕이 한 번 더 치하했다.

"참으로 대단하구나. 처음부터 보급에 대한 준비를 예상하고 개발했다니. 과인이 그 공을 치하하지 않을 수 없구나. 그런데 보부상에서 물건을 만들면 그 값을 치러야 하지 않겠느냐?"

세자가 설명했다.

"탈곡기는 공유 물품으로 선정하려고 합니다."

국왕이 고개를 갸웃했다.

"공유 물품이라고? 탈곡기를 공용으로 사용하게 한다는 말이냐?"

"그렇사옵니다. 탈곡기는 봄가을 추수 때만 사용하는 물건입니다. 그런 물건을 구태여 집집이 사서 쌓아 둘 필요는 없다고 생각합니다. 그래서 탈곡기만큼은 무상으로 보급하려고 합니다. 거기에 들어가는 인건비는 상무사가 부담할 것이고요."

중신들이 크게 놀랐다.

영의정 홍낙성이 의문을 가졌다.

"저하! 무상 보급하는 건 좋은 일이옵니다. 헌데 전국에 보급을 하려면 적어도 수만 대는 족히 필요할 터인데, 그만큼 만드는 인건비를 어찌 상무사 혼자서 부담을 한다는 말씀이옵니까?"

세자가 탈곡기를 보며 설명했다.

"보시는 대로 이 탈곡기에 가장 많이 들어가는 건 목재입니다. 그런 목재만큼은 수익자 부담의 원칙을 적용할 겁니다. 그래서 보급을 받으려는 마을에 분담시킬 겁니다."

세자가 돌아봤다.

기다리고 있던 개발청 관리가 도면을 펼쳤다. 세자가 도면으로 가서 설명했다.

"이 도면을 보시면 목재를 어떤 규격으로 준비해야 하는지 상세히 나와 있어요. 그리고 탈곡기에 들어가는 철제 부품은 다음 장의 도면에 이런 식으로 그려져 있지요."

세자의 설명대로 도면은 목재 부품과 철제 부품이 여러 장에 걸쳐 분리되어 이었다.

"목재와 철제 부품은 각 고을 백성과 거기에 사는 대장간에 나눠서 제작시킬 것입니다. 그렇게 해서 모인 각종 부품을 팔도 보부상의 공장에서 조립해 보급할 것이고요."

누군가 의문을 제기했다.

"한 곳에서 전부 만들면 될 것을 왜 그렇게 나눠서 만들게 하는 것인지요?"

세자가 고개를 저었다.

"그렇게 하면 시간이 훨씬 많이 걸립니다. 게다가 각 고을

마다 규격이 달라져서 고장이 났을 때 호환이 되지 않고요."

이러면서 주의를 환기시켰다.

"제가 이전에 분업에 대해 잠깐 말씀드린 적이 있을 터인데요."

국왕이 바로 알아들었다.

"맞다. 처음 자동연필을 만들 때 부품을 나눠서 제작하게 했다고 했다."

"그렇사옵니다. 사람의 손기술은 반복할수록 늘어나게 되어 있습니다. 각 고을별로 부품을 나누려는 까닭은 두 가지입니다. 하나는 분업을 하면 부품 제작 속도가 엄청나게 빨라집니다. 내년 추수 전까지 고을마다 백 대 이상이 보급될 정도로요."

수만 대가 1년 만에 공급된다는 말에 중신들은 설왕설래했다. 그러나 양산하는 전례가 있었기에 누구도 이의를 제기하지는 않았다.

국왕이 궁금해했다.

"두 번째는 무엇이더냐?"

"책임 소재가 분명해집니다. 부품을 각 고을별로 나눠서 제작하면, 문제가 되었을 때 책임 소재가 바로 나옵니다."

"그렇구나. 책임을 맡은 고을 수령이나 아전의 잘잘못을 바로 확인할 수 있겠구나."

"그렇사옵니다. 그리되면 어떤 수령과 아전이 이를 허술히 다룰 수 있겠사옵니까?"

국왕이 감탄했다.

"좋은 생각이다. 그렇게 하면 아마도 유례없이 좋은 물건이 만들어지겠구나. 그리고 그렇게 부품이 조달되면 상무사가 부담해야 할 인건비는 크게 줄어들겠어."

"예, 그래서 소자가 수익자 부담의 원칙이란 말로 정리한 것입니다."

"맞다. 어차피 백성들이 쓰는 물건이니만큼 그 부품 정도는 자신들이 직접 조절하는 게 좋기는 하지."

누군가가 슬쩍 숟가락을 얹었다.

"저하께서 하시는 일은 하나하나가 남다르옵니다. 방금 말씀하신 수익자 부담 원칙이란 말은 이번에 처음 듣는 정의이옵니다."

"옳은 지적입니다. 앞으로 정책을 결정할 때 그와 같은 개념은 적극 도입할 필요가 있겠습니다."

이어서 상당수 대신들이 동조했다.

국왕은 이런 분위기에 슬쩍 입꼬리가 올라갔다.

그러나 입으로는 겸양했다.

"그만하면 되었소. 아직 시행하지 않아 결과가 어떨지 모르는데 너무 과한 치하는 금물이오."

중신들도 국왕의 내심을 모르지 않았다. 그러나 겉으로는 몸을 숙이며 다른 말을 했다.

"명심하겠사옵니다."

국왕은 그 자리에서 보급 계획을 윤허했다. 그렇게 모두가 흐뭇해할 때, 세자가 입을 열었다.

"아바마마, 약학청도 이번에 큰 성과를 거두었사옵니다."

"오! 그래? 그게 무엇이더냐?"

"드디어 고대하던 종두 개발에 성공했사옵니다."

국왕이 체면도 잊고 소리쳤다.

"뭐라고! 마마 퇴치에 필요한 종두를 개발했다고?"

국왕뿐이 아니었다. 모든 대신들은 종두 개발이라는 낭보에 경악할 듯 놀랐다.

홍낙성이 바로 나섰다.

"저하! 정녕 그게 사실이옵니까?"

"그렇습니다. 여기 정 청장과 관원, 의원들이 합심해서 성공을 거뒀습니다."

국왕이 정약용에게 지시했다.

"정 청장이 직접 말해 보라."

"예, 전하."

정약용이 개발 과정을 상세히 설명했다. 그러고는 자신이 직접 작성한 두툼한 보고서를 바쳤다.

보고서를 받아 든 국왕의 서서 보고서를 훑었다.

"허허! 정말이구나. 반년 넘게 오백여 명에게 시험을 한 끝에 좋은 결과를 얻었어."

정약용이 부언했다.

"저하께서 지시하신 대로 처음에는 시료를 최소 비율로 나눠서 접종했사옵니다. 그렇게 단계를 구분해 시험하면서 최적의 용량을 산출했사옵니다. 그래서 얻은 시료로 시험을 했는데, 다행히 단 한 건의 실패도 없었사옵니다."

"단 한 건의 실패도 없었어?"

"그렇사옵니다."

세자가 나섰다.

"아바마마, 주요 사안이옵니다. 안으로 들어가셔서 말씀을 나누시지요."

"그렇게 하자."

국왕이 급히 안으로 들어갔다.

그 뒤를 모든 사람이 서둘러 따랐다. 상무사가 사용하는 전각은 꽤 넓었는데, 모처럼 많은 사람으로 북적였다.

국왕이 먼저 치하했다.

"정 청장이 고생이 많았다."

"황감하옵니다. 저희가 개발에 성공할 수 있었던 건 저하께서 처음부터 길을 잘 잡아 주신 덕분이옵니다. 그렇지 않았다면 개발에 상당한 시간이 걸렸을 것이옵니다. 더불어 그 과정에 많은 실패도 경험했을 것이고요."

국왕이 흡족한 표정으로 세자를 바라봤다. 그런 시선을 접한 세자는 정중히 몸을 숙였다.

"좋다. 그러면 종두는 어디서 얻은 것이냐? 인두냐?"

"아니옵니다. 종두는 우두에서 얻었사옵니다."

대신들이 크게 술렁였다. 내의원 도제조를 겸하고 있는 좌의정 채제공이 대번에 문제를 제기했다.

"전하, 가당치 않사옵니다. 어떻게 소에서 채취한 시료를 인체에 시술할 수 있단 말이옵니까? 일이 잘못되면 엄청난 환란을 초래할 수 있사옵니다. 살펴 주시옵소서."

얼마 전 우의정이 된 윤시동도 모처럼 한목소리를 냈다.

"좌상의 말씀이 맞사옵니다. 사람의 인체는 고귀하옵니다. 그런 인체에 어떻게 소의 고름을 넣는단 말이옵니까? 이는 인륜에 어긋나는 일이옵니다."

누군가가 또 동조하고 나섰다.

"옳은 말씀이옵니다. 부모님이 물려주신 몸을 어찌 함부로 놀린다는 말이옵니다. 천부당만부당이옵니다."

세자는 대신들의 반대가 있을 거라고는 예상하고 있었다. 그러나 채제공이 반대할 거라고는 생각지도 못했다.

"좌상 대감까지 부정적이실 줄 몰랐네요."

채제공이 얼굴을 붉혔다. 그러던 그는 이내 정색을 했다.

"다른 문제라면 모르지만 소중한 인체에 관한 일이옵니다. 노신도 그렇지만 대부분의 사람은 소의 농을 인체에 주입하는 것에 대한 거부감이 상당할 것이옵니다."

윤시동이 다시 나섰다.

"그렇사옵니다. 효경에 신체발부(身體髮膚) 수지부모(受之父母) 불감훼상(不敢毁傷) 효지시야(孝之始也)라고 했사옵니다. 우리 몸을 보호하고 잘 보존하는 게 효의 근본이라고 했는데 어찌 함부로 할 수 있겠사옵니까?"

함부로 한다는 말에 세자가 발끈했다.

"말씀 잘하셨어요. 몸을 보호하고 잘 보호하는 게 효의 근본인데, 어찌 몸을 보호하지 않으려고 하나요? 지금 마마로 인해 고통 받는 백성들이 얼마나 많은지 모르시나요?"

나이 어린 세자의 질책이었다.

그럼에도 얼마나 서슬이 시퍼런지 윤시동이 순간 움찔했다. 그러나 그는 굽히지 않고 더 강하게 반발을 했다.

"사람의 인체이옵니다. 고귀한 인체에 어떻게 소의 고름을 주입할 수 있겠사옵니까? 그렇게 함부로 몸을 놀리다가는……."

세자가 대번에 말을 막았다.

"무슨 말도 안 되는 주장을 하시는 건가요? 부모가 주신 몸을 건강하게 지킬 수 있다면, 소의 고름이 아니라 더한 거라도 접종을 받아야지요. 어떻게 찜찜하다는 이유로 몸을 함부로 놀린다고 정의를 하십니까?"

"찜찜해서 그러는 게 아닙니다."

"그게 아니면요? 신체를 건강하게 유지하는 게 진정한 효도잖아요. 그러기 위해서는 이전에 접해 보지 않은 방법이라도 활용할 수 있으면 해야지요. 지금도 마마로 수많은 백성이 죽어 나가고 있음을 정녕 외면하려는 것입니까?"

"……."

세자의 거듭된 질책이었다.

얼굴이 벌게진 윤시동이 말도 못하고 우물쭈물했다. 세자가 이렇게 나섰음에도 대신들의 부정적 반응은 별로 바뀌지 않았다.

그것을 확인한 세자가 앞으로 나갔다. 그리고 국왕에게 무릎을 꿇고서 발칵 뒤집어지는 발언을 했다.

"아바마마께서 윤허해 주신다면 소자가 먼저 접종을 받겠습니다."

대신들이 격하게 술렁였다.

국왕도 이 말에는 깜짝 놀랐다.

채제공이 황급히 만류했다.

"저하! 아니 되옵니다. 아직 확실히 검증되지도 않은 접종을 받으시겠다니요. 절대 그럴 수는 없사옵니다."

이어서 모든 대신이 나서서 만류했다.

그러나 국왕은 아무런 대답도 없이 보고서를 정독했다. 그런 국왕의 모습에 방 안은 이내 침묵했다.

보고서를 정독한 국왕은 눈을 감고 한동안 고심했다.

그러던 국왕이 결정했다.

"좋다. 네가 먼저 접종을 받도록 윤허하마."

방 안은 순식간에 난리가 났다.

개혁군주

대신들은 저마다 나서서 안 된다고 읍소했다. 국왕은 그런 대신들의 간언을 눈을 감고 끝까지 들어 주었다.

대신들은 간청을 하다 이상한 느낌이 들었다. 다름 아닌 국왕이 긍정도 부정도 않고 자신들의 간청만 듣고 있다고 느꼈기 때문이다.

대신들이 입을 다물면서 방 안의 분위기가 싸하게 내려앉았다. 그 순간 국왕의 눈을 떴다.

탕!

국왕이 탁자를 내리쳤다.

"경들은 대체 무슨 생각을 하고 있는가? 지금 세자는 자신을 내던지면서까지 개혁의 선봉에 서려 하고 있다. 그런데 그대들은 단지 찜찜하다는 이유 하나로 세자의 발목을 잡으려고 하다니."

쾅!

탁자를 다시 내리친 국왕이 호되게 추궁했다.

"과인은 세자가 자랑스럽다. 경들은 지금까지 과인과 함께 국정을 이끌어 왔다. 그런 경들이 왜 부끄럽다는 생각이 들게 처신하는가? 앞으로도 세자와 과인이 추진하는 개혁에 이유 없이 반대할 거라면 지금 당장 옷을 벗어라!"

대신들의 입이 붙어 버렸다.

"……"

"과인은 다음의 보위를 이을 세자가 누구보다 중요하다.

그러나 조선의 만백성도 그만큼 소중하다. 과인은 그런 백성들을 위해서라면 섶을 지고 불속에라도 뛰어들 거다."

세자도 국왕의 발언에 놀랐다.

'아바마마께서 정말 많이 변하셨구나. 백성을 세자처럼 중하게 생각한다는 발언을 한 국왕은 일찍이 없었다. 그런데 아바마마께서는 그런 말씀을 서슴없이 하시니 누구도 반박을 못 해.'

세자가 대신들을 죽 훑었다. 국왕의 질책을 받은 대신들은 누구랄 것도 없이 얼굴이 벌겋게 달아올라 있었다.

'이번 일을 잘 활용하자. 그래서 백성들의 마음속에 개혁 의지의 불을 확실히 지피도록 하자.'

국왕이 자리에서 일어났다.

"모두 물러들 가시오. 이 문제는 내일 상참에서 다시 논의를 할 터이니, 대신들은 그에 대한 준비를 해 오도록 하시오."

"명심하겠사옵니다."

국왕이 먼저 전각을 나섰다. 대신들은 세자에게 급히 인사를 하고는 썰물처럼 빠져나갔다.

세자가 정약용을 보고 위로했다.

"기분이 착잡하시지요?"

"아니옵니다. 처음 일을 진행할 때부터 이미 예견되었던 일입니다. 그래서 본래는 인두를 건의하려고 했었는데, 부작용이 너무 심한 걸 알고서 생각을 바꾼 것이옵니다."

개혁군주

"세상에 인명보다 중요한 건 없어요."

박지원이 거들었다.

"저하의 말씀대로입니다. 세상에서 가장 중요한 건 인명입니다. 그나저나 저는 오늘 세자 저하의 모습을 보고 정말 놀랐습니다."

세자가 고개를 갸웃했다.

"뭐가 그렇게 놀랍다는 말씀이지요?"

"너무도 당당하셨사옵니다. 저하의 연치가 아직 미령하신데 육칠십의 조정 중신들을 압도하셨습니다."

정약용도 거들었다.

"옳은 말씀이옵니다. 신은 그런 저하를 뵈니 십 년 묵은 체증이 다 내려갔사옵니다. 통쾌하기도 하면서, 당하는 분이 안됐다는 생각마저 들었사옵니다."

"하하하! 맞네. 질책을 당하는 모습이 안되어 보이는 했어."

박지원의 말에 정약용도 크게 웃었다.

세자도 빙그레 웃으면서 김 내관을 바라봤다. 김 내관도 환하게 웃으며 잘했다는 의미로 깊게 허리를 숙였다. 그 모습을 본 정약용과 박지원은 더 크게 웃었다.

❃

다음 날.

상참에는 거의 모든 중신이 참석했다. 이들은 이미 동궁에서의 일을 모두 알고 있었다.

대부분의 중신은 나름대로의 논리를 갖고 입궐했다. 그러나 누구도 예방접종에 대해 반대의 말을 못했다.

아니, 국왕이 못하도록 만들었다.

국왕은 이날 상참에 세자를 참석시켰다. 그리고 세자를 먼저 접종시키겠다고 공표해 버린 것이다.

전날처럼 편전이 뒤집어졌다.

상참에 참석한 중신들은 또다시 국왕이 이렇게 나올 거라고는 생각지 못했다. 전날은 단지 대신들의 반대를 무마하기 위해 그런 말을 했을 거라 미뤄 짐작했었다.

그런데 아니었다.

국왕은 정약용과 약학청의 의원도 불렀다. 그리고 세자가 접종을 받아도 되는지를 확인했다.

의원은 몸을 떨며 답했다.

"소, 소인은 감히 세자 저하께 시술을……."

국왕이 다독였다.

"두려워 말고 말하라. 너는 명색이 의원이 아니더냐. 의원이 병자를 보고 두려워하면 어찌 제대로 된 치료를 할 수 있다는 말이냐?"

"그, 그렇기는 하옵니다만, 다른 분도 아니고 세자 저하이셔서……."

개혁군주

국왕이 정약용을 바라봤다.

"정 청장이 답을 해 보라."

정약용이 눈을 꽉 감았다. 모든 사람이 그의 입만 바로보고 있을 때 정약용이 눈을 떴다.

그러고는 놀라운 말을 했다.

"전하! 송구하오나 신의 아이들을 먼저 접종시키겠사옵니다."

국왕이 놀랐다.

"정 청장은 아이 몇을 마마로 먼저 보냈다고 들었다. 그런데도 아이들에게 접종을 하겠다는 말이냐?"

"그래서 더 접종시키려고 하옵니다. 먼저 보낸 세 아이는 어쩔 수 없지만, 남은 아이들만큼은 종두 접종으로 마마를 이겨 내게 할 것이옵니다."

세자가 나섰다.

"그러면 정 청장의 자제들이 접종한 다음 제가 받겠사옵니다."

영의정 홍낙성이 반대했다.

"아니 되옵니다. 장차 보위를 이으실 저하께서 잘못되신다면 큰일이옵니다."

세자가 추궁하듯 질문했다.

"마마는 언제 걸릴지 모릅니다. 그런데 접종을 받지 않고 있다가 마마에 걸리면 어떻게 되지요? 그때는 그저 제 목숨을 하늘의 처분에다 맡겨야 하는 건가요?"

홍낙성은 진땀을 흘렸다.

"그, 그렇지는……."

세자가 말을 잘랐다.

"제가 건강해야 아바마마와 웃전에 효도를 할 수 있습니다. 그런데 대신들께서는 계속해서 제가 효도할 수 있는 길을 막으려 하시네요?"

이러면서 중신들을 죽 둘러봤다.

중신들은 전날 윤시동이 무참히 발렸다는 사실을 알고 있었다. 그래서 누구도 세자의 눈길을 제대로 받지 못했다.

"여러분은 저의 접종을 반대합니다. 그러면 그에 대한 대안은 무엇이지요? 혹시 부작용이 많은 인두를 시술받으라는 건가요? 아니면 마마에 걸려 죽고 사는 걸 하늘에 맡겨야 하는 건가요?"

"……."

세자가 국왕을 바라봤다.

"아바마마, 소자는 이상하옵니다."

"무엇이 말이더냐?"

"조정 중신들은 우리나라에서 누구보다 많은 경륜을 쌓은 분들입니다. 그렇다면 옳고 그른 것을 누구보다 잘 아실 터인데, 왜 이번 일을 반대하는지 모르겠습니다."

세자가 정약용을 가리켰다.

"여기 정 청장께서는 자신의 아이들을 먼저 접종시키겠다고 나섰습니다. 그만큼 약효를 자신하니 그러는 것이겠지요.

그럼에도 중신들 중에는 그러겠다고 나선 분들이 한 분도 없네요."

중신들의 얼굴이 하나같이 얼굴이 붉어졌다. 이들 중 다수는 정약용이 나섰을 때 동참하지 못한 것을 자책했다.

세자가 다시 나섰다.

"저는 효도를 하기 위해서라도 정 청장의 자제분들과 함께 시술받을 거예요. 그러니 더 이상 이 일로 왈가왈부하는 일은 없었으면 좋겠습니다."

몇 사람이 다시 안 된다고 나서려 했다. 그런 그들은 옆 사람의 만류로 이내 주저앉았다.

국왕이 칭찬했다.

"세자가 장한 결심을 했다. 그리고 정 청장의 용단도 가상하다. 그래서 과인은 명한다."

"하교하여 주십시오."

"내일 내의원에서 세자와 정 청장의 자식들을 시술하라. 시술은 약학청의 의원이 할 것이며, 정약용이 이를 감독하라."

정약용이 몸을 숙였다.

"성심을 다하겠사옵니다."

평상시였다면 면피를 위해서라도 일이 잘못되면 책임지라는 말이 나왔다. 그러나 워낙 중대한 일이었기에 누구도 그런 말을 하지 않았다.

이날 저녁.

세자는 큰 홍역을 치러야 했다.

저녁 문안을 드리러 가는 곳마다 꾸지람을 받아야 했다. 찾아뵙는 어른들이 전부 여자이기에 눈물까지 흘리면서 만류했다.

그들을 설득하느라 세자는 목이 다 쉬었다. 그러면서 효도를 위해 접종받는다는 논리를 끝까지 밀어붙여 기어코 승낙을 받아 냈다.

❈

그다음 날.

내의원에서 예방접종이 있었다. 세자와 정약용의 둘째 아들과 네 살 난 딸이 예방접종을 받았다.

정약용은 딸 셋과 아들 넷을 두었다.

그런 일곱 자녀 중 아들 한 명과 딸 둘을 천연두로 잃었다. 그리고 큰아들과 본인은 천연두에 걸렸다가 기사회생했다.

이뿐만이 아니다.

정약용 형제들의 자식들도 천연두로 많이 희생되었다. 이런 정약용이었기에 세자의 약학청장 제안에 선뜻 응했던 것이다.

천연두로 얼굴이 얽은 정약용은 눈썹에 큰 마마 자국이 있다. 그 바람에 눈썹에 셋으로 보여 아호조차 삼미(三眉)로 지을 정도였다.

이런 정약용이어서 천연두라면 이가 갈렸다. 그래서 자식들을 먼저 시술시키겠다고 나선 것이다.

분명 약효는 검증되었다. 그럼에도 아버지였기에 걱정이 되지 않을 수 없었다.

그런데 문제가 발생했다. 전날 떨면서 말을 잇지 못하던 약학청 의원이 끝내 시술을 포기한 것이다.

국왕은 대번에 그를 질책했다. 그러나 약학청 의원은 몸을 떨면서 시술 도구를 잡지 못했다.

난감한 상황이 되었다. 자칫 잘못하면 종두법의 시행까지 문제가 될 상황이 발생한 것이다.

이때, 정약용이 분연히 일어났다.

개혁의 시작을 알리다

"전하, 신이 접종을 하겠습니다."

국왕이 대번에 우려를 나타냈다.

"의원이 아닌 정 청장이 어떻게 시술을 한단 말이냐?"

"할 수 있사옵니다. 신은 종두의 개발부터 완성까지의 모든 과정을 전담했사옵니다. 그리고 직접 수십여 회를 시술하면서 최적의 용량을 찾아내기도 했고요."

"오! 그래?"

"예, 전하. 종두 시술 회수로 따진다면 신이 가장 많이 했을 것이옵니다."

국왕이 잠깐 고심했다.

"좋다. 해 봐라. 다른 사람도 아니고, 아비가 자식에게 직접 시술한다는데 누가 말리겠느냐. 네 아이들에게 시술을 마치면 세자도 부탁하마."

정약용이 굳은 표정으로 몸을 숙였다.

"분부받잡아 거행하겠사옵니다."

정약용은 의원의 자리에 앉았다.

그는 먼저 두 번 끓인 소주를 솜에 묻혀 자신의 두 손을 깨끗하게 닦았다. 너무도 정성스럽게 손을 닦는 모습에 중신들은 의아해했다. 그러나 워낙 무거운 분위기여서 누구도 나서서 질문하지 않았다.

그렇게 손을 소독한 정약용은 다른 약솜으로 아들의 팔을 조심스럽게 닦았다. 그러고는 시술 도구를 들어 미리 밝혀 놓은 불에다 달궜다. 그렇게 얼마를 달군 그는 능숙하게 종두가 들어 있는 도자기병을 열었다.

그가 시술 도구에 종두를 찍었다. 그리고 깊게 숨을 쉬고서 아들에게 주의를 주었다.

"학유(學遊)야, 잠깐 따끔할 것이다. 참을 수 있겠지?"

"예, 아버지."

그 말이 끝나자마자 순식간에 접종했다.

"아야!"

정약용이 확인했다.

"끝났다. 많이 아프더냐?"

"아니옵니다. 참을 만했사옵니다."

"장하다, 내 아들."

"감사합니다, 아버지."

아들의 인사에 정약용은 먼저 보낸 자식들이 생각나 눈물을 울컥 쏟을 뻔했다. 그러나 눈물을 보일 수는 없어서, 황급히 솜에다 두 번 끓인 소주를 묻혀서는 접종한 곳에다 대었다.

"피가 멎을 때까지 솜을 잡고 있어야 한다. 그래야 덧나지가 않아."

"아버지 말씀대로 하겠사옵니다."

"그래."

아들을 내려 보낸 정약용이 이번에는 네 살 난 딸을 의자에 앉혔다. 주변에 많은 사람이 지켜보는 탓에 딸은 잘게 떨었다.

"아가야."

"예, 아버지."

"오라버니가 하는 걸 봤지?"

"예, 아버지."

"그래, 잠깐이면 끝난다. 그러면 너는 평생 동안 예쁘고 건강하게 지낼 수 있어. 우리 아가도 얼굴이 얽어서 못생겨지는 건 싫지?"

"예, 아버지."

"그래. 금방 끝나니 잘 참을 수 있겠지?"

"예, 아버지."

딸의 목소리에는 어느덧 물기가 가득 담겼다. 정약용은 그런 딸의 팔을 정성스레 닦았다.

그러고는 시술 도구를 약솜으로 닦고서 불에 달궜다. 그런 뒤 종두를 찍고는 거듭 당부했다.

"오라버니처럼 잠깐 따끔할 거야. 그러니 잘 참아야 하느니라."

"예, 아버지."

정약용은 울먹이는 딸을 몇 번 다독였다. 그러고는 이를 악물고는 순식간에 접종했다.

"아야!"

"됐다. 잘 참았다, 우리 딸."

"아버지, 이제 끝난 거예요?"

"그래, 이제 끝났다."

정약용이 능숙하게 약솜을 팔에다 대 주고는 딸의 손을 솜에 대었다.

"오라버니처럼 이 솜을 한참 잡고 있어야 한다. 할 수 있겠지?"

딸의 목소리가 언제 울먹였냐는 듯 밝아졌다.

"예, 아버지. 할 수 있어요."

"오냐. 장하다, 우리 딸."

그렇게 딸을 한 번 더 다독인 정약용이 이번에는 세자를 돌아봤다. 그의 시선을 받은 세자는 먼저 의자에 앉으며 팔을 내밀었다.

두 아이를 시술한 정약용은 처음보다는 긴장이 훨씬 풀렸다. 그러나 세자에게 시술해야 해서 조심하지 않을 수 없었다.

그가 약솜으로 세자의 팔을 소독했다. 이어서 새로운 시술 기구를 들어 약솜으로 닦고 불에 달군 뒤 종두를 묻혔다.

그러고서 고개를 들었을 때 세자와 눈이 마주쳤다. 두 사람은 그 잠깐 동안 마음속으로 많은 대화를 나눴다.

"저하, 접종하겠사옵니다."

"예, 하세요."

세자는 대답을 하고 고개를 돌렸다. 그러던 어느 순간 따끔한 느낌이 들었고, 끝났다는 말과 함께 약솜이 건네졌다.

세자는 덤덤한 목소리로 질문했다.

"다 끝난 건가요?"

"그렇사옵니다. 고생하셨습니다, 저하."

"제가 한 고생보다 정 청장께서 오늘 정말 큰 고생을 했습니다."

정약용이 시원한 표정으로 웃었다.

"하하하! 아니라고는 말씀드리지 못하겠습니다. 솔직히 잠깐이 10년 같기는 했사옵니다. 하지만 그 어느 때보다 마음만큼은 편하옵니다. 저하께서는 접종을 하고 어떻게 해야 하는 건지 아시지요?"

자신이 정해 준 지침이니 너무도 잘 알았다.

"상처가 아물 동안 물을 묻히거나 더운 이불을 덮어도 안 돼요."

"그러하옵니다. 지금 같은 더운 여름에는 특히 조심해야 하옵니다. 방금 말씀하신 지침은 모두 시술 부위가 덧나지 않게 하는 주의 사항입니다. 그리고 흙도 절대 묻혀서는 아니 되옵니다."

"아! 맞아요. 흙이 들어가면 문제가 될 소지가 있다고 했지요?"

"그렇사옵니다."

세자가 의자에서 내려왔다.

"수고하셨어요."

"저하께서도 고생하셨습니다."

국왕이 세자를 불러 확인했다.

"괜찮으냐? 어디 이상한 데는 없느냐?"

"예, 아무 이상 없사옵니다."

정약용이 설명했다.

"예방접종을 받으면 닷새 정도 예후를 관찰해야 하옵니다. 그리고 시술 부위에 딱지가 떨어지면 예방접종에 성공한 것이옵니다."

이러면서 주의할 점을 한 번 더 강조했다.

국왕이 정약용과 내의원의 어의를 불렀다.

"그대들이 세자를 잘 보살피도록 하라."

개혁군주

"예, 전하."

국왕이 정약용을 위로했다.

"정 청장이 고생 많았다. 부모로서 쉽지 않은 일을 했어."

"아니옵니다. 이번 접종은 아이들을 위한 일이었사옵니다. 신은 또다시 마마로 아이들을 잃고 싶지 않았을 뿐이옵니다."

"맞는 말이다. 세상에 어떤 부모가 아이를 앞서 보내고 싶겠느냐. 과인도 문효와 옹주를 먼저 보내 봐서 너의 속마음을 잘 안다. 그래서 과인도 세자의 간청을 받아들였던 것이다."

국왕의 믿음 가득한 말에 정약용은 목이 메었다.

"전하!"

"며칠 동안 더 수고해라. 세자가 별일이 없으면 그때 크게 포상을 하마."

"포상은 신보다 고생한 약학청의 관원과 의원이 받아야 하옵니다."

"허허허! 알았다. 그들에게도 따로 포상하겠다."

"황감하옵니다."

국왕의 시선이 부복해서 떨고 있는 의원에게로 돌아갔다. 국왕이 그를 꾸짖었다.

"의원은 환자만 본다는 말이 있다. 그 말은 환자의 지위와 빈부가 아닌, 차별 없이 병만을 치유하라는 거다. 그런데 너는 의원이 가져야 할 기본적인 품성조차 없구나. 만일 세자가 중병에 걸려 생명이 경각에 달렸을 때 너를 만났다면 분명 큰 사달이 났을 거다. 우리 조선에 너처럼 병자를 무서워하는 의원은 필요 없다. 정 청장."

"예, 전하."

국왕이 자리에서 일어났다.

"저자를 파직하고 두 번 다시 병자를 돌보지 못하도록 조치하라."

의원이 사시나무처럼 떨면서 간청했다.

"전하! 소인을 한 번만 용서하여 주시옵소서."

국왕은 들은 체도 않고 전각을 나갔다. 그런 국왕을 따라 대신들도 전부 밖으로 나갔다.

세자가 정약용을 불렀다.

"청장님. 지금 당장은 어찌할 수 없으니, 저 사람을 돌려보내세요. 나중에 아바마마의 진노가 가라앉으면 따로 말씀을 올려 볼게요."

"알겠사옵니다."

부복해 있던 의원이 몇 번이나 사은했다. 세자는 그런 의원을 잠시 노려보고는 몸을 돌렸다.

✾

십여 일이 흘렀다.

그동안 대궐의 모든 눈과 귀는 동궁에 쏠렸다. 국왕도 하루에 몇 번이나 승지를 보내 세자의 예후를 살폈다.

접종을 받은 세자는 며칠 동안 약간의 미열이 있었다. 그 때문에 잠시 소란스러웠으나 다른 이상은 없었다.

접종을 받으면 닷새 정도 경과를 보면 된다. 그런데 세자 였던 터라, 딱지가 떨어질 때까지 모든 사람이 긴장의 끈을 놓지 못했다.

보고를 받은 국왕이 파안대소했다.

"하하하! 세자가 아무 이상이 없다고?"

정약용이 몸을 숙였다.

"그렇사옵니다. 저하께서는 이제 마마에 대해서는 걱정하지 않으셔도 되옵니다."

"듣던 중 반가운 소리구나. 세자가 호환보다 무서운 마마를 겁내지 않아도 된다니, 과인의 마음이 기쁘기 한량없구나."

국왕은 그 자리에서 크게 포상했다. 그러고는 예방접종을 실시하라는 윤음(綸音)을 반포했다.

반포된 윤음은 인쇄를 거쳐 전국의 모든 고을에 배포되었다.

조선의 모든 백성들은 환호했다.

세자가 자청해서 접종을 받았다는 사실은 이미 소문으로 온 사방에 퍼져 있었다. 그런 상황에서 반포된 윤음이었기에 반향은 실로 대단했다.

예방접종은 한양부터 시작되었다.

정약용은 강화도에 있는 약학청의 의원들을 모두 불러 올렸다. 그리고 접종 방법을 혜민서 의원과 의녀들에게 교육했다.

위생에 대한 개념조차 없던 때다.

소독이나 오염 같은 상식도 당연히 없었다. 의원들은 씻지 않은 손으로 환부를 만지고, 그 손으로 다른 환자를 볼 정도다.

한꺼번에 개선할 수는 없었다.

그래서 세자는 접종하는 의원과 의녀들만 우선 교육시켰다. 반드시 손을 두 번 증류한 소주로 씻고 시술 도구를 불로 소독하게 했다.

의원들은 당연히 의문을 표시했다.

세자는 마마를 물리치기 위해서는 반드시 필요한 절차라고만 설명했다. 그랬더니 이를 주술적인 의미로 받아들였으며, 그래서 더 잘 지켰다.

교육을 받은 의원과 의녀를 약학청의 의원과 함께 한양 곳곳에 배치했다.

예방접종이 시작되던 날, 이른 새벽부터 사람이 몰려들었다. 혼잡에 대비해 경찰 병력을 배치했다.

다행히 별다른 불상사는 일어나지 않았다. 예방접종은 이렇듯 모두의 관심 속에 시작되었다.

그러던 어느 날이었다.

세자는 이날도 강화에서 만들어 온 물건을 검수하고 있었다. 이때, 밖에서 급한 목소리가 들렸다.

"저하! 마포에서 급한 전갈이 도착했습니다."

"들어오세요."

내관이 들어와 보고했다.

"강화나루에 지난번에 왔던 화란 상선이 들어왔다고 하옵니다."

세자가 의아해했다.

"그 배라면 마포까지 들어와도 될 터인데, 왜 강화에 정박한 거야?"

김 내관이 펄쩍 뛰었다.

"그럴 수는 없는 일이옵니다. 만일 예고도 없이 서양 상선이 한강을 거슬러 오른다면 큰 사달이 날 것이옵니다."

세자가 자책했다.

"아! 맞다. 그냥 올라오게 할 수는 없지."

이원수가 거들었다.

"그렇사옵니다. 허가를 받았다 해도 본국 수군의 호위를 반드시 받아야 합니다."

세자가 지시했다.

"좌익위가 직접 가 보세요. 가서 어떻게 된 상황인지 정확히 알아보고 오세요."

"예, 알겠습니다."

이원수가 돌아온 건 한참이 지나서였다.

"강화나루에 범선이 정박한 게 맞습니다. 그런데 한 척이 아니고 세 척이라 하옵니다."

"세 척이나 왔다고요?"

"예, 한 척은 지난번에 온 화란 상인의 배고, 두 척은 우리에게 넘겨줄 배라고 합니다. 그런데 그 두 척은 화란 상선보다 두 배나 크다고 하옵니다."

세자가 반색을 했다.

"이야! 우리가 주문한 배가 두 척이나 왔군요."

"그렇사옵니다."

"잘되었네요. 아바마마께 보고는 되었겠지요?"

"물론이옵니다."

세자가 바로 일어났다.

"아바마마를 뵈러 가야겠어요."

상무사를 나온 세자는 후원으로 넘어갔다. 국왕은 이때 규장각 각신들과 함께 기술개발청에서 만든 물건을 감상하고 있었다.

국왕이 물건을 살피다 감탄했다.

"참으로 대단한 기물이로구나. 성냥도 대단했지만, 이건 성냥에 비할 바가 아니다."

규장각 제학 정민시(鄭民始)도 찬탄했다.

"놀랍습니다. 어떻게 이런 기물을 거의 매달 만들어 낼 수 있는지 의문까지 드옵니다."

직제학 이만수(李晩秀)가 나섰다.

"개발청에서 만들어 내는 물건은 전부 세자 저하께서 설계한 거라고 합니다."

정민시가 동조했다.

"나도 그렇다는 말은 들었네. 그런데 정녕 놀랍지 않은가? 아무리 꿈에서 미래를 살아 보셨다고 해도, 이런 물건을 설계까지 한다는 건 보통 능력으로는 어려운 일이야. 아니, 불가능하다고 해야겠지."

"맞는 말씀입니다. 저하의 능력이 범인을 훌쩍 뛰어넘었기에 가능한 일입니다."

두 사람이 세자를 거듭 칭찬했다. 그런 말을 들은 국왕은 절로 미소가 지어졌다. 그러나 일부러 정색을 하고 물건을 살폈다. 그러던 국왕이 물건을 작동했다.

딸깍! 착!

단 한 번의 시도로 불이 붙었다. 그것을 본 국왕은 다시 탄성을 터트렸다.

"허허허! 참으로 놀랍고도 신기하구나. 그런데 이 물건의 불을 밝히는 기름은 어디서 얻은 것이냐?"

박지원이 설명했다.

"세자 저하의 지시로 눅진한 상태의 유연탄을 찾았사옵니다. 그 유연탄을 증류해서 만든 기름이옵니다."

"세자가 그렇게 하라고 알려 주었단 말이오?"

"그리하옵니다."

"허허! 놀라운 일이구나. 어쨌든 작업을 하느라 고생들이 많았다."

"황감하옵니다. 실상은 불꽃을 튀기는 돌을 만드는 게 더 어려웠사옵니다."

국왕이 실눈을 뜨고 자세히 바라봤다.

"이 작은 돌을 만들었다고? 단순한 돌덩이가 아니었어?"

"그러하옵니다. 여러 물질을 배합해서 만들었습니다. 저하께서도 배합 비율을 알지 못해서, 최적 비율을 찾아내느라 양산이 늦었던 것이옵니다."

국왕이 너털웃음을 터트렸다.

"허허허! 세자가 모르는 것도 있구나."

정민시가 확인했다.

"다른 부품은 미리 만들었다는 말이오?"

"그렇습니다. 개발 초기부터 분업을 통해 부품들을 대량으로 만들어 두었습니다. 그래서 돌의 배합 비율을 찾아내자마자 양산을 시작할 수 있었던 것이고요."

"지금까지 만들어 놓은 게 얼마나 되지요?"

"대략 오만여 개는 될 것입니다."

정민시가 깜짝 놀랐다.

"그렇게나 많이 만들었단 말이오?"

"저하께서는 오히려 물량이 적다면서 더 많이 만들라고 재촉하고 계십니다."

정민시가 고개를 저었다.

"그 많은 걸 어떻게 파시려고 물건을 더 만들라고 하시는 고? 내가 봐도 결코 싸게 팔 수 있는 물건이 아닌데 말이야."

이때였다.

"전하! 세자 저하께서 드셨사옵니다."

국왕이 반색을 했다.

"오! 들라 하라."

세자가 안으로 들어오자 사람들이 일제히 몸을 숙였다.

"어서 오십시오, 저하."

"박 청장께서도 계셨네요?"

"주상 전하께 신제품을 설명해 드리고 있었사옵니다."

세자가 국왕이 든 물건을 알아봤다.

"발화기를 가져오셨네요?"

"그러하옵니다."

세자가 확인했다.

"아바마마께서 보시기에 어떻사옵니까?"

국왕이 격찬했다.

"대단하다. 아마도 지금까지 만든 물건 중에서 탈곡기와 함께 최고인 것 같구나."

"감사합니다. 본래는 더 일찍 완성을 보려 했었사옵니다. 그런데 부품 하나가 완성되지 않아 지금까지 개발청의 관원 과 장인들이 고생했사옵니다."

"그렇지 않아도 그 말을 들었다. 그런데 발화기를 오만여 개나 만들었고, 그것도 부족하다고 했다던데 맞느냐?"

"그러하옵니다."

"허허! 정녕 그 많은 물건을 다 팔 수 있겠느냐?"

세자가 자신 있게 대답했다.

"물론이옵니다. 소자가 보기에 그 정도 물량은 금방 동이 날 것이옵니다. 그래서 물건을 더 만들라는 지시를 해 두었습니다."

국왕이 고개를 저었다.

"과유불급이라고 했다. 아무리 좋은 물건이라도 팔리지 않으면 문제가 된다."

"걱정 마십시오, 아바마마. 오늘 강화에 화란 상인들이 들어왔다는 보고를 받으셨사옵니까?"

"그렇지 않아도 상무사가 주문한 배와 함께 왔다는 보고를 받았다."

세자가 장점을 설명했다.

"발화기는 성냥과 달리 비가 와도 사용이 가능합니다. 불이 붙으면 바람이 불어도 쉽게 꺼지지 않아서 야외에서도 사용이 가능하고요."

이러면서 판매 계획을 설명했다.

"……그렇게 청국과 서양을 세분해서 판매하면 준비된 물량은 쉽게 정리될 것이옵니다."

개혁군주

국왕이 고개를 저었다.

그런 국왕의 모습은 절대 부정적인 의미가 아니었다. 그래도 혹시 하는 생각에 세자가 조심스럽게 확인했다.

"아바마마, 소자가 말씀을 잘못 드렸사옵니까?"

국왕이 펄쩍 뛰었다.

"아니다. 무슨 말을 그리하는 거냐? 아비는 너의 계획이 너무 절묘해서 놀란 것이다."

"그러셨군요. 소자는 그것도 모르고."

국왕이 일어나 세자를 보듬었다.

"무엇을 하든 불안하거나 걱정하지 마라. 지금도 그렇지만, 앞으로도 아비는 항상 너의 편에 서 있을 거다. 그리고 너 같은 아들을 꾸짖는 아비가 세상에 어디 있겠느냐?"

최고의 칭찬이었다.

세자는 순간 가슴이 먹먹해졌다. 국왕은 그런 아들의 등을 몇 번이고 쓰다듬었다.

세자가 조심스럽게 제안했다.

"아바마마, 소자가 주문한 상선을 마포나루로 올라오게 했으면 하옵니다."

국왕이 의외로 담담히 그 말을 받았다.

"왜 그런 생각을 하는 거냐?"

"백성들에게 보여 주기 위해서이옵니다. 저들이 가져온 배는 판옥선의 서너 배나 되옵니다. 거기다 돛이 많고 커서 훨씬 더 커 보입니다. 그런 배가 한강에 들어오면 아마도 엄청난 반향을 불러일으킬 것이옵니다."

국왕이 바로 이해했다.

"그런 배를 보여 주면서 개혁이 시작되었음을 백성에게 알리려는 거로구나."

"그렇사옵니다. 그런데 아바마마께서 어떻게 소자의 생각을 아신 것이옵니까?"

"과인도 보고를 받으며 그런 생각을 했었다. 그런데 역효과가 나지 않을까 염려하던 참이었다."

이러던 국왕이 세자를 바라봤다.

"네 말대로 하자. 서양 배를 들어오게 해서 백성들에게 개혁이 시작되었음을 알리자."

세자가 몸을 숙였다.

"소자의 청을 들어주셔서 황감하옵니다."

국왕이 고개를 저었다.

"아니다. 네가 건의하지 않았다면, 과인은 아마도 마포로 배를 올릴 결정을 못 했을 거다."

"그렇지 않사옵니다. 소자는 아바마마께서 누구보다 개혁을 열망하고 계시다는 걸 잘 아옵니다."

국왕도 인정했다.

"그 말은 맞다. 과인은 나라를 개혁하려고 많은 노력을 해왔다. 그런 노력으로 나름의 성과를 거두기는 했었지."

국왕이 고개를 저었다.

"그런데 나이가 들어 갈수록 열망이 차츰 식어 가는구나. 새로운 일을 추진하려고 하면 먼저 이런저런 경우의수를 생각하면서 자꾸 뒤로 물러서게 되었다. 특히 네 형을 먼저 보내면서 더 조심을 하게 되었다."

"아!"

"헌데 이제는 다르다. 네 덕분에 과인도 이제 새로운 꿈을 꾸게 되었다. 그러니 뭐든 해 봐라. 아비가 할 수 있는 한 너를 받쳐 주도록 하마."

국왕이 이전에 했던 말을 다시 또 했다. 그런데 그때는 둘만 있었는데, 이번에는 규장각 각신들이 함께하고 있었다.

국왕은 각신들에게 들려주려고 하는 것처럼 자신의 의지를 밝혔다. 그런 국왕의 속내를 알아챈 세자가 진심을 담아 허리를 숙였다.

"황감하옵니다. 소자는 하해와 같은 성은을 언제라도 잊지 않겠사옵니다."

"허허허! 고맙다."

규장각 각신들은 두 부자의 대화를 들으며 가슴속에서 무언가가 끓어올랐다. 그런 그들의 시선은 국왕 부자의 작은 몸짓조차 놓치지 않으려 했다.

세자가 청원했다.

"이번에 화란 상인이 가져온 배가 많이 크옵니다. 그런 배를 마포까지 끌어오려면 먼저 해야 할 일이 있사옵니다."

"그게 무엇이냐?"

"한강의 수심을 측정해야 하옵니다."

국왕이 탁자를 쳤다.

"그렇구나. 배가 안전하게 이동하려면 수심부터 확인해야 하는구나."

"그러하옵니다. 한강은 우리의 젖줄이니, 그런 작업은 우리가 해야 하지 않겠사옵니까?"

"당연한 일이다."

국왕은 곧바로 상선을 불렀다.

"상선은 지금 즉시 강화로 사람을 보내, 강화유수로 하여금 한강의 수심을 측정하게 하라."

이어서 몇 마디 더 첨언해 지시했다. 지시를 받은 상선은 급히 전각을 나갔다.

　　　　　　　✿

다음 날.

국왕은 상참에서 전날의 일을 거론했다.

"……그래서 과인은 한강 수심 관측을 마치는 대로, 구입한 상선을 마포나루로 불러올리려 하오."

놀라운 일이 일어났다.

이전이었다면 국왕이라 해도 이런 의견을 과감히 내놓지 못한다. 그리고 대부분의 대신들은 이런 의견에 격렬히 반대를 한다.

그런데 놀랍게도 누구도 반대를 하지 않았다. 단지 영의정 홍낙성만이 다른 우려를 표명했다.

"너무 많은 사람이 몰리다 보면 사고가 날 수도 있지 않겠사옵니까?"

"그래서 이번에는 훈국 병력으로 하여금 마포 일대를 경비토록 할 생각이오."

서유대가 몸을 숙였다.

"철저하게 병력을 단속해 조금의 불상사도 일어나지 않도록 하겠사옵니다."

"과인은 서 대장과 훈국을 믿소이다."

"황감하옵니다. 만일에 대비해 당일은 한강을 이용하는 배들을 금지시켜야 하옵니다. 그리고 큰 배가 들어오다 모래톱에 걸려 좌초할 수도 있으니, 수심 관측을 최대한 철저히 해야 하옵니다."

국왕이 크게 고개를 끄덕였다.

"옳은 말씀이오. 그렇지 않아도 어제 강화유수에게 한강 수심을 측정하라 명을 내려놓았소. 헌데 서 대장의 말을 들으니 추가로 병력을 배정해야 할 것 같소이다."

서유대가 나섰다.

"강화로 사람을 보내면 시간이 걸리니 소장이 훈국 병력을 보내겠사옵니다."

"그렇게 하시오."

국왕의 중신들을 둘러봤다.

"이번에 구입한 서양 범선은 판옥선보다 몇 배나 크다고 하오. 그런 선박을 경들도 본 적이 없을 거요. 그러니 이번에는 큰일들이 없으면 경험을 축적하기 위해서라도 전부 가 봅시다."

대신들이 일제히 몸을 숙였다.

"전하의 명을 받들겠사옵니다."

채제공이 나섰다.

"세자 저하는 어떻게 하시려 하옵니까?"

"당연히 데리고 가야지요. 이번에 구입한 범선의 주인이 세자요. 과인은 그래서 세자도 함께 데리고 가려 하오."

"잘 생각하셨사옵니다. 세자 저하께서도 이번에 큰 경험을 하게 될 것이옵니다."

이 말에 모두가 고개를 끄덕였다.

그런 중신들의 표정에는 하나같이 호기심이 가득했다. 국왕은 그런 중신들을 바라보며 은근히 미소를 지었다.

＊

며칠 후.

국왕과 세자가 마포로 행차했다. 그런 국왕 행렬에는 엄청난 숫자의 조정 관리들이 동행했다.

워낙 많은 숫자의 관리가 자리를 비워 업무가 마비될 정도였다. 그러나 국왕이 공식적으로 권유했기 때문에 누구도 문제 삼지 않았다.

몇 개월 만에 다시 찾은 마포나루 일대가 이전과는 확연히 달라져 있었다.

세자가 탄성을 터트렸다.

"이야! 몇 달 전보다 보부상 공장 주변이 번화가가 되었네요."

이원수가 설명했다.

"마포뿐이 아니라 팔도에 산재한 보부상 공장 주변이 다 저렇다고 하옵니다. 보고에 따르면 공장 규모도 세 배나 커졌고, 그것도 부족해 추가 공사를 계획하는 중이라고 합니다."

"다른 지역도 사정이 비슷한가요?"

"거의 그렇다고 보시면 됩니다. 이대로라면 보부상이 지은 공장 주변에 새로운 번화가가 형성될 거 같사옵니다."

"좋은 현상이에요. 보부상 공장으로 인해 나라가 균형 발전을 하게 되면 더없이 좋지요."

이러는 사이 행렬이 마포나루에 도착했다.

국왕과 세자가 가마에서 내려 모래사장으로 내려갔다. 모래사장에는 차양이 길게 쳐져 있었다.

"세자는 이리 와서 앉아라."

"예, 아바마마."

차양의 중앙부에 국왕과 세자를 위한 옥좌가 놓여 있었다. 그런 국왕 부자 주변으로 중신들이 자리했다.

그 옆 차양들을 조정 관리들이 차지했다. 워낙 많은 관리들이 나온 바람에, 수십여 개의 차양으로도 부족했다.

조선의 하루는 그날이 그날이다. 그래서 새로운 구경거리만 생기면 남녀노소를 막론하고 사람들이 몰려들었다.

이날도 마포나루 주변에는 소문을 들은 수많은 백성이 몰려들었다.

약간의 시간이 흘렀다.

모여 있던 백성들이 술렁이며 하구로 고개를 돌렸다. 그러던 백성들이 저마다 한마디씩 했다.

"우와!"

"대단하다. 배가 산처럼 커!"

술렁임은 이내 파도처럼 강변을 덮쳤다. 관리들은 저마다 목을 빼고 하구 쪽을 바라봤다.

국왕도 세자도 절로 여기에 동참했다. 범선이 다가오자 저마다 탄성을 터트리며 놀라워했다.

국왕도 너털웃음을 터트렸다.

"허허허! 정말 크기가 대단하구나."

영의정 홍낙성도 동조했다.

"그러하옵니다. 정녕 산이 움직이는 듯하옵니다."

개혁군주

세자는 탄성을 터트리지는 않았다. 하지만 내심으로는 의외로 큰 범선에 무척 놀랐다.

'대단하구나. 천 톤급의 범선은 처음이다. 그런데 강이어서인지 그 위용이 더 대단해 보이는구나.'

두 척의 범선을 판옥선이 인도했다.

그 모습을 본 국왕이 아쉬워했다.

"우리 판옥선도 크기가 만만치 않다. 헌데 서양 범선에 비하니 형편없이 작아 보이는구나."

세자가 상황을 설명했다.

"범선과 대비되어서 판옥선이 상대적으로 작아 보이는 것이옵니다."

"상대적으로 작아 보인다?"

"예, 범선과 판옥선의 실제 크기는 세 배 정도이옵니다. 그런데 범선은 돛이 많고 높게 걸려서 외양이 훨씬 커 보이옵니다. 그런 범선이 옆에 있다 보니 판옥선이 실제보다 훨씬 작게 느껴지는 것이옵니다."

채제공이 탄성을 터트렸다.

"허허허! 역시 저하시옵니다. 세자 저하의 설명을 듣고 보니 판옥선이 왜 작게 보이는지 대번에 이해가 되었습니다."

주변 대신들이 저마다 동조했다. 국왕은 그런 모습을 흐뭇하게 바라보다 고개를 돌렸다.

범선이 다가오니 관리들의 술렁임이 커졌다. 국왕도 무언가를 보고는 세자를 바라봤다.

"배의 선수에 있는 문양이 태극 아니냐?"

세자가 대답 했다.

"그렇사옵니다. 앞으로 상무사가 운용할 모든 배의 선수에는 저렇게 태극 문양이 새겨질 것이옵니다."

"태극이 우리 조선의 상징 문양이 되겠구나."

"물론이옵니다."

국왕이 크게 기뻐했다.

"허허허! 아주 잘했다. 조선의 상징 문양이 태극이면 더 바랄 게 없지."

세자가 손을 들어 돛대를 가리켰다.

"아바마마, 저기 중간 돛대에 걸린 깃발을 보시옵소서."

국왕이 용안을 가늘게 떴다.

"오! 저 깃발에도 태극이 보이는구나."

세자가 김 내관을 시켜 상자를 바쳤다.

"서양 국가들은 저마다의 국기가 지정되어 있사옵니다. 그리고 나라를 대표하는 회사도 마찬가지고요. 그래서 소자는 상무사 깃발을 이렇게 만들어 봤사옵니다."

세자가 건넨 깃발은 좌측 상단에 흰색 바탕에 태극 문양이 자리했고, 그 나머지 부분은 청색이었다. 그런 청색의 우측 아래에는 하얀 꽃이 수놓여 있었다.

국왕이 세자가 건넨 깃발을 살폈다.

개혁군주

"오얏 꽃이구나."

"우리 왕실을 상징하는 꽃이어서 상무사의 상징으로 정했사옵니다."

국왕이 크게 만족해했다.

"의미가 있는 깃발이구나. 태극은 세상의 기원을 말함이고, 청색은 바다, 이 꽃은 왕실을 의미하는 거로구나."

"그렇사옵니다. 상무사가 왕실 상단이란 점을 분명히 나타내기 위해 그리 정했사옵니다."

"잘했다. 헌데 조금 전에 서양에는 국기도 사용한다고 하지 않았느냐?"

"그렇습니다."

"그러면 국기도 세자가 만들어 보지 않고?"

세자가 겸양했다.

"국기는 나라의 상징이옵니다. 아무리 소자가 세자라 해도 아바마마가 계신데 함부로 그리할 수는 없다고 생각했사옵니다."

국왕이 너털웃음을 터트렸다.

"허허허! 아비를 생각하는 심정은 갸륵하다. 허나 그런 일은 꼭 선후를 따질 필요는 없다. 설령 네가 만들었다고 해도 문제가 있으면 손을 보거나 공표하지 않으면 그만이다."

채제공이 거들었다.

"전하의 지적이 옳습니다. 이런 일은 저하께서 누구보다

개혁의 시작을 알리다 99

잘 아시옵니다. 그런 분이 이치에 맞게 먼저 만드는 것은 큰 문제가 되지는 않사옵니다."

세자가 조심스럽게 의견을 했다.

"만들지는 않았으나 생각해 둔 바는 있사옵니다."

국왕이 바로 관심을 보였다.

"어떻게 말이냐?"

"태극을 중심에 두고, 주역의 팔괘 중 기본 괘인 건곤감리 (乾坤坎離)를 네 귀에 두는 겁니다. 그러면 국기에 음양과 세상의 이치를 전부 나타내지 않겠사옵니까?"

국왕이 크게 고개를 끄덕였다.

"그거 괜찮은 생각이구나."

국왕의 말이 끝나기 무섭게 여기저기서 동조하는 소리가 나왔다. 국왕이 손을 들어 제지했다.

"그만들 하시오. 국기 지정 문제는 다음에 다시 논의하기로 하고, 오늘은 오늘 일에 집중합시다."

국왕의 지적에 모두들 입을 다물었다.

잠시 후.

범선이 마포에 도착했다.

마포 선착장은 규모가 크지 않다. 모래사장보다 좀 더 긴 정도여서, 첨저선인 범선은 정박을 못했다.

다행히 수심을 미리 측정해 두었기에, 범선은 최대한 강변 가까이에 닻을 내렸다. 그럼에도 강변에서 꽤 먼 거리에 자리할 수밖에 없었다.

서유대가 국왕께 확인했다.

"전하! 서양 범선을 둘러보시겠사옵니까?"

국왕이 아쉬워했다.

"그렇게 하고는 싶지만 배가 저렇게 멀리 있는데, 가능하겠소?"

"우리 판옥선을 이용하시면 되옵니다."

서유대가 손짓을 하자 판옥선이 마포나루 선착장에 쉽게 정박했다. 그러고는 수십여 명의 훈련도감 병력을 먼저 올려 보냈다.

병력을 태운 판옥선은 노를 적절히 활용해 범선으로 다가 갔다. 그런 판옥선은 범선에 최대한 접근해서 닻을 내렸다.

이어서 범선에서 십여 개의 밧줄이 내려졌다. 내려진 밧줄 은 대기하고 있던 훈련도감 병력이 판옥선에 고정했다.

판옥선 무관이 소리쳤다.

"고정했소이다!"

대기하고 있던 범선에서 나무로 만든 사다리가 내려왔다. 서유대가 그런 장면을 보면서 설명했다.

"한강은 잔잔해서 배의 유동이 별로 없습니다. 그래서 저 런 식으로 두 척의 배를 정박시키면 범선을 오르내리는 데 어려움이 없사옵니다."

국왕이 놀라워했다.

"어떻게 저렇게 일사불란하게 움직일 수 있는 거요? 혹시 오늘을 위해 병사들을 조련한 거요?"

서유대가 고개를 저었다.

"병사 조련은 소장이 아닌 범선을 몰고 온 무관이 했사옵니다."

"오! 그래요?"

"서양에는 하항(河港)이 꽤 많다고 합니다. 그런 하항에서 물건을 하역하려면 저런 식으로 두 척의 배를 적절히 활용한다고 합니다."

국왕이 놀라워했다.

"허허! 그러면 저런 방식도 화란 상인들이 가르쳐 준 거란 말이구나."

"그러하옵니다. 다행히 판옥선 병사들이 배를 잘 다뤄서 쉽게 기술을 습득했사옵니다. 한강의 물살이 별로 세지 않은 점도 큰 도움이 되었고요."

"모든 게 경험이구나. 경험이 없으면 감히 생각지도 못하는 방법이야."

"그렇사옵니다."

이러는 사이 판옥선은 줄을 풀고 노를 저어서 선착장에 정박했다.

서유대가 몸을 숙였다.

"전하! 판옥선이 도착했사옵니다. 움직이셔야 하옵니다."

개혁군주

국왕이 세자를 바라봤다.

"너도 올라가 보고 싶지?"

"그러하옵니다."

국왕이 세자의 손을 잡았다.

"가자."

이런 국왕 부자의 뒤를 중신들이 따랐다. 이들은 훈국 병력의 도움을 받아 판옥선에 올랐다.

많은 인원이 탄 바람에 판옥선은 아래층 갑판까지 입추에 여지가 없었다. 그렇게 수백여 명을 태운 판옥선이 천천히 움직였다.

판옥선은 먼저 하류로 조금 내려갔다. 그리고 천천히 방향을 틀면서 최대한 범선에 다가갔다.

그리고 어느 순간.

"노를 멈추고 닻을 내려라!"

판옥선 무장의 지시에 노가 멈추면서 급히 닻이 내려졌다. 그 바람에 거슬러 오르던 힘이 물살에 막히면서 격한 소리가 나왔다.

끼익!

국왕이 세자의 손을 굳게 잡았다. 배를 거의 타 보지 않은 대신들의 안색이 하얗게 변했다.

그러나 판옥선은 아무 이상 없이 멈췄다. 이어서 범선에서 줄이 내려오고 나무 사다리가 내려왔다.

그 사다리를 타고 낯익은 사람이 내려왔다.

박종보였다.

"어서 오십시오, 전하."

국왕이 환하게 웃으며 반겼다.

"오! 처남이구나. 먼 길을 다녀오느라 고생이 많았다."

몇 달 동안 남방을 다녀온 박종보의 얼굴은 까맣게 탔다. 그런 박종보가 더없이 공손하게 몸을 숙였다.

"전하의 성려 덕분에 신 무사히 다녀왔사옵니다."

"벌써 넉 달이 다 되어 가는데 고생이 많았지?"

"고생보다 보고 들은 게 너무 많사옵니다."

"오냐. 경험담은 날을 잡아 듣도록 하자."

"예, 전하."

박종보는 이어서 세자에게도 몸을 숙였다.

"오랜만에 뵙습니다, 저하."

"오랜만에 뵈어요, 외숙. 그동안 고생이 많으셨어요."

박종보가 고개를 저었다.

"아니옵니다. 고생이 없지는 않았으나 보고 배운 게 너무 많사옵니다. 아마도 이번 여행은 평생 잊지 못할 것 같사옵니다."

"이게 시작이에요. 앞으로 외숙이 다녀와야 할 나라와 항구가 하나둘이 아니에요."

박종보가 크게 웃었다.

개혁군주

"하하하! 다시 나갈 날을 기대하겠습니다."

세자와 인사를 나눈 박종보가 몸을 숙였다.

"전하! 이만 오르시지요. 신이 모시겠사옵니다."

"고맙다."

박종보가 먼저 사다리를 올랐다.

본래 국왕의 앞에는 누구도 먼저 가면 안 된다. 그러나 위험이 상존한 경우는 당연히 신하가 먼저 나서서 길을 확인해야 한다.

그래서 박종보가 앞섰으며 그 뒤를 국왕이 따랐다. 국왕을 승정원 승지들이 부축했으며, 세자는 익위사의 보호를 받으며 올랐다.

갑판에 오른 국왕은 놀라워했다.

"허허허! 갑판이 생각보다 넓구나."

박종보가 설명했다.

"이 배의 크기는 서양의 도량형으로 천 톤급이옵니다. 이런 배가 우리 조선에는 없어서 더 넓게 느껴지실 것이옵니다."

"그런 것 같구나."

뒤이어 올라온 대신들도 넓은 갑판과 곳곳에 늘어선 돛을 보며 감탄했다. 국왕과 대신들은 이때부터 범선 곳곳을 둘러봤다.

백문이 불여일견이었다.

국왕도 그렇지만 대신들은 범선을 둘러보며 그 규모에 모두 놀랐다. 특히 판옥선보다 잘 정비된 선실과 각종 시설에는 탄성까지 터트렸다.

그렇게 범선을 둘러본 국왕과 대신들이 다시 갑판에 모였다. 그리고 임시로 선장이 된 오형인이 알려 주는 항해술 설명에 매료되었다.

조선에 체계적인 항해술은 없다. 그래서 뱃사람의 오랜 경험에 의지해 배를 모는 게 고작이다.

물론 그런 경험이 때로는 어떤 기계 기구보다 뛰어날 수는 있다. 그러나 그런 일이 일상이면 바다가 더 무서워진다.

그런데 항해술을 배워 왔다고 한다.

그것도 정교한 항해 기구와 해도에 의지한 항해술이었다. 중신들은 육분의를 조작하고 각종 항해 기구를 직접 만져 보면서 하나같이 놀랐다.

조정 중신들에게는 전부 신세계였다.

그렇게 범선은 모두에게 또 다른 세상이 있다는 걸 보여 주었다. 그러면서 조선의 개혁이 시작되었음을 온 세상에 알렸다.

개혁군주

멀리 보고 가자

범선은 사흘 동안 마포에 정박했다.

매일 수많은 백성이 몰려들었다. 그로 인해 마포 일대와 건너편 부평이 연일 인산인해였다.

백성들은 웅장한 범선에 놀랐다. 그리고 범선이 상무사의 것이라는 사실에도 놀랐다.

보부상의 공장과 범선을 바라보면서 조선이 달라지고 있음을 이야기했다. 그러면서 하나같이 마음속으로 개혁의 불씨를 작게나마 피우기 시작했다.

사흘 후.

범선이 다시 강화나루로 내려갔다. 범선과 함께 내려간 판옥선은 이번에는 네덜란드 상인들을 대동하고 돌아왔다.

세자는 동궁을 찾은 이들을 환대했다.

"어서들 오세요."

시몬스가 정중히 몸을 숙였다.

"오랜만에 뵙습니다, 세자 저하."

세자가 놀랐다.

"오! 저하라니. 우리의 경칭을 쓰네요?"

시몬스가 박종보를 가리켰다.

"여기 박 대표님께 조선의 왕실 의전을 조금 배웠습니다. 그래서 저하라는 경칭이 조선에서만 사용한다는 것을 알게 되었지요. 마마라는 경칭도요."

세자가 웃었다.

"하하! 마마도요. 그러면 웬만한 의전은 다 아시겠네요."

시몬스가 손을 내저었다.

"아이고, 아닙니다. 조선의 왕실 의전은 알수록 어렵습니다. 그래서 경칭과 인사 예절 정도만 숙지했을 뿐입니다."

세자가 고마워했다.

"이번에 신경을 써 줘서 고맙습니다. 범선 두 척을 우리 수군이 직접 몰고 온 것을 본 관리들과 백성들이 얼마나 좋아했는지 모릅니다."

"별말씀을 다 하십니다. 그리고 칭찬은 제가 아니고 여기 있는 오형인 무관이 받아야 합니다."

개혁군주

"그래요?"

세자의 시선에 오형인이 몸을 숙였다.

"처음 범선을 선보이는 행사입니다. 소장은 우리 수군만으로도 범선을 운용할 수 있다는 걸 보여 주고 싶었습니다. 그래서 몇 달 동안 많은 노력을 했었습니다."

세자가 크게 칭찬했다.

"잘했어요. 이번에 조정 중신들은 물론이고 백성들의 자부심이 얼마나 올랐는지 모릅니다. 그러면서 개혁에 대한 열망도 함께 커졌고요."

"그렇다면 소인은 더 바랄 게 없사옵니다."

잠시 한담이 오갔다. 그렇게 분위기가 무르익을 즈음, 세자가 시몬스를 바라봤다.

"외숙께서는 그대들이 본국에 제안할 게 있다고 들었습니다. 그게 무엇인지요?"

시몬스가 정색을 했다.

"본사의 바타비아 총독께서는 귀국과 보다 발전된 상태의 협정을 체결하기를 바라고 있습니다."

"협정의 내용은요?"

"대외 교역을 위한 상무 협정입니다."

이러면서 그가 서신을 건넸다.

"반 바스텐 총독 각하의 친서입니다."

세자가 친서를 받아 펼쳤다.

친서는 네덜란드어와 영어로 되어 있었다. 친서를 정독한 세자가 놀라서 눈을 크게 떴다.

"이게 정녕 총독이 직접 작성한 친서입니까?"

"그렇습니다."

"놀랍네요. 아무리 귀사의 사정이 어렵다고 해도 이런 제안을 해 올 줄은 몰랐네요. 앞으로 우리와 뜻을 함께하겠다니요."

시몬스가 숨기지 않았다.

"그만큼 우리 사정이 어렵습니다. 그리고 세저 자하 개인에 대한 우리의 기대가 그만큼 크기도 하고요."

"으음!"

세자는 고심했으나 이내 고개를 끄덕였다.

"이제 막 대외 교역을 시작하는 우리로서는 그대들의 제안이 나쁘지 않네요. 허나 귀사와 본국이 아닌 상무사와의 협약으로 하는 게 맞겠네요."

시몬스도 생각하고 있던 부분이었다.

"그 부분은 저하의 의견대로 하겠습니다."

"좋습니다. 그러면 먼저 범선의 가격과 우리가 요구하는 물품 구입 대행 비용에 대해 정리합시다."

시몬스가 문서를 내밀었다.

"거기에 대해서는 바타비아에서 박 대표와 논의를 마쳤습니다."

박종보도 설명했다.

"화란 동인도회사는 처음부터 정당한 가격만 받으려 했습니다. 그래서 별다른 이견 없이 합의를 볼 수 있었습니다."

세자가 고개를 끄덕이며 서류를 펼쳤다. 내용을 훑어보려던 세자가 처음부터 눈을 크게 떴다.

"범선 가격이 예상보다 낮네요?"

시몬스가 사정을 설명했다.

"한 척은 이미 건조를 끝낸 상태였습니다. 다른 한 척도 내장만을 남겨 둔 상황이고요. 총독께서는 양국의 우호 증진을 위해 이번만큼은 두 척의 배를 원가로 계산하란 배려를 하셨습니다."

"고마운 일이군요. 그러면 앞으로 건조되는 상선은 어떻게 할 건가요?"

"이번에 책정된 가격에서 이십 퍼센트만 추가해 주십시오."

이 제안도 예상치 못한 저가였다.

"그렇게 싸게 넘겨도 됩니까? 우리야 그렇게 해 주면 좋지만, 귀사의 조선소가 문제가 되지 않겠습니까?"

시몬스가 고개를 저었다.

"저희는 배로 이문을 남기고 싶지 않습니다. 그래서 최소한의 금액만 책정한 것입니다."

"고마운 일이네요. 그렇게 해 주는 조건이 있겠지요?"

"그렇사옵니다. 배를 싸게 건조해 주는 대가로, 귀사의 물건을 유럽에 대행할 수 있는 권한을 주셨으면 합니다."

세자가 고개를 저었다.

말은 대행이지만 독점을 달라는 조건이었다. 나중을 생각해서도 쉽게 들어줄 사안이 아니었다.

"쉽지 않은 제안이군요. 지금은 물건이 몇 가지 없지만, 앞으로 우리가 만들어 낼 물건은 하나둘이 아닙니다. 그런 물건을 전부 독점으로 달라는 건 너무 과하네요."

시몬스가 다른 문서를 건넸다.

"그런 말씀을 하실 거라 짐작했습니다. 그래서 총독께서는 이 제안을 추가로 하셨습니다."

세자는 추가 서류를 펼쳤다.

그런데 내용을 읽던 세자의 안색이 굳어지면서 몇 번이고 정독했다. 그렇게 서류를 읽고서도 세자는 한동안 입을 열지 않았다.

방 안 공기는 급격히 가라앉았다.

잠시 후, 세자가 고개를 저었다.

"정녕 이게 가능하다고 생각하시나요?"

시몬스가 굳은 표정을 지었다.

"지금 당장은 어렵겠지요. 허나 세자 저하께서 성인이 되실 즈음에는 충분히 가능할 거라 생각합니다."

"왜 그런 생각을 하시지요?"

"조선의 미래가 밝기 때문입니다. 조선은 놀랍게도 상하가 합심해서 부국강병을 실현하려고 합니다. 우리 예상으로는 조선은 10년 정도면 상당한 병력을 양성하게 될 겁니다. 그때가 되면 그 힘을 외부로 발산해야 하지 않겠습니까?"

놀라운 지적이었다.

네덜란드 동인도회사는 조선이 향후 해외 개척에 나설 거라고 판단하고 있었다. 그렇게 할 때 자신들이 앞장서서 도움을 주겠다고 제안했다.

보통이라면 이렇게 민감한 사안은 은밀히 진행한다. 그러나 누구도 알아들을 수 없는 영어 대화여서 시몬스의 발언에는 거침이 없었다.

세자도 그래서 속내를 숨기지 않았다.

"그렇게 될 가능성이 높기는 합니다."

"우리 사정이 당장은 어렵습니다. 허나 오랫동안 세계 바다의 한 축을 담당해 왔습니다. 그런 우리의 저력은 귀국이 외부로 힘을 발산하려 할 때 분명 큰 도움이 될 겁니다."

시몬스가 눈을 빛냈다.

"함께하시지요. 그러면 우리 동인도회사는 귀국을 대외 진출을 적극 도와드리겠습니다."

나쁘지 않은 제안이었다.

그러나 결정적인 문제가 있었다.

"귀사가 해산하면 그런 약속은 의미가 없게 되지 않겠어요?"

시몬스가 고개를 저었다.

"그렇지 않습니다. 동인도회사가 해산하더라도 우리는 전부 남기로 했습니다. 그리고 새로운 무역회사를 만들기로 했고요."

"아! 그래요?"

"회사가 새로 설립되면 본국 정부에서도 무역에 대한 권리는 인정해 주게 될 것입니다. 그리고 언젠가 본국이 프랑스의 통제로부터 벗어나면, 지금의 동인도회사만큼은 아니지만, 독자적 지위를 얻게 될 것입니다. 그리되면 귀사와의 협력을 한층 더 강화할 수 있을 겁니다."

"멀리 보고 함께 가자는 말이군요."

"그렇습니다. 귀국으로선 결코 나쁜 조건은 아닐 겁니다."

"으음!"

세자는 고심했다.

전혀 생각지도 않은 제안이었다.

본래는 동인도회사가 해산되면서 네덜란드의 경쟁력이 크게 위축된다. 그때부터 아시아는 영국과 프랑스가 양분한다.

그런데 변화가 생겨나고 있었다.

'새로운 회사를 만들다니, 전생의 역사에는 없는 일이 일어나고 있다. 우리가 어떻게 결정하느냐에 따라 결과가 엄청나게 변할 터인데, 어떻게 할까?'

고심하던 세자가 결심했다.

'그래, 해 보자! 우리가 변수로 작용하면서 생겨난 변화다.

그런 변화를 적극 활용해서 우리에게 유리한 교역 환경을 만들어야겠다.'

그러나 짚고 넘어가야 할 사안이 있다.

"좋은 제안 고맙습니다. 그런데 귀사에 독점권을 무한정 인정해 줄 수는 없는 일 아니겠어요? 이 부분은 어떻게 정리했으면 좋겠습니까?"

시몬스가 명쾌한 답변을 냈다.

"귀국이 유럽 국가와 정상적인 외교 관계를 수립할 때까지로 한정하면 됩니다. 그때는 귀사도 유럽에 진출하게 되니 독점은 유명무실해질 겁니다."

"그때부터는 정상적인 거래를 하자는 말이군요."

시몬스가 싱긋이 웃었다.

"그렇습니다. 그리고 그렇게 되어도 우리에게는 좀 더 유리한 조건을 만들어 주실 거라 믿습니다."

그의 솔직한 바람에 세자도 동조했다.

"좋은 인연이 이어진다면 그렇게 되겠지요. 우리 동양은 인연을 중시합니다. 처음 인연을 맺은 그대들을 우리는 절대 홀대하지 않을 겁니다. 그런데 귀사는 우리나라의 개항이 10년 전에는 이뤄지지 않을 거라고 생각하나 봅니다."

시몬스가 주저 없이 대답했다.

"그렇습니다."

세자는 솔직히 놀랐다.

"놀라운 일이네요. 귀사는 우리 조선에 대한 지식이 별로 없습니다. 그런데도 어떻게 그런 판단을 하게 되었는지요?"

"조선의 가장 큰 문제는 청국입니다. 동양 외교의 관례라 해도 종속 관계임은 부인할 수 없는 사실입니다. 그런 청국과의 관계를 확실히 해야만 귀국이 제대로 대우를 받게 됩니다. 세자 저하께서도 이 부분은 잘 알고 계실 거라고 생각합니다만."

정확히 핵심을 짚은 설명이었다. 조선이 대외적으로 인정을 받기 위해서는 청국과의 관계를 분명히 해야 하는 게 맞다.

세자가 슬쩍 띄워 주었다.

"대단하군요. 귀사가 우리 문제를 이렇게 정확히 파악하고 있을 줄 몰랐습니다."

시몬스의 입꼬리가 올라갔다.

"솔직히 노력을 많이 했습니다. 지난 몇 개월간 열심히 조사한 덕분에 양국의 역학 관계를 알게 되었습니다."

"그러셨군요. 맞습니다. 본국의 가장 큰 문제는 청국과의 관계 재설정입니다."

시몬스도 슬쩍 세자를 떠봤다.

"청국과는 끝까지 좋은 관계를 유지할 수는 없겠지요? 청국은 절대 귀국의 부국강병을 지켜보지 않을 테니 말입니다."

세자의 내심을 확인하려는 질문이었다. 이를 눈치챈 세자는 거꾸로 그의 대답을 강요했다.

"본사가 장차 대외 활동에 주력하다 보면 불상사가 일어날 수가 있을 겁니다. 혹시 그런 일이 발생하면 병력 지원이 가능하겠습니까?"

시몬스의 표정이 묘해졌다. 자신의 질문에 세자는 거꾸로 다른 질문으로 응수하고 있었다.

그는 세자의 능수능란한 대응에 내심 혀를 내둘렀다. 그러나 이런 속내를 드러낼 수는 없었기에 최대한 정중히 대답했다.

"그러하옵니다. 총독께서도 약속했듯이 우리는 귀사와 뜻을 함께할 것입니다."

"회사가 해산되면 병력을 보유하지 못하게 되지 않습니까?"

"육군은 정부에 넘겨주어야 합니다. 하지만 해군만큼은 전폭적으로 지원해 드릴 수 있습니다. 그리고 귀국이 문제가 생기면 새로운 총독에게 파병을 적극 요청할 것입니다."

시몬스로서는 최선의 대답이었다.

흡족하지 않지만 성실한 답변에 세자가 손을 내밀었다.

"좋습니다. 세부 사항은 좀 더 깊은 논의가 필요하겠지요. 그러나 전체적인 부분에서는 그대들의 제안을 받아들이도록 하겠습니다."

시몬스가 깜짝 놀랐다.

"정말입니까? 세자 저하께서 독단적으로 결정해도 문제가 되지 않겠습니까?"

세자가 단호히 대답했다.

"물론입니다. 그대들이 내정간섭을 하지 않으면 전혀 문제가 되지 않습니다. 그리고 귀사는 그런 생각이 조금도 없는 것 아닙니까?"

"물론입니다. 우리가 필요한 건 귀사와의 교역이지, 다른 목적은 조금도 없습니다."

"그러면 되었습니다. 그런데 아직 내 손을 잡지 않네요. 혹시 다른 문제가 있는 겁니까?"

시몬스가 펄쩍 뛰었다.

"전혀 없습니다."

세자가 환하게 웃었다.

"하하! 그러면 세부 사항만 논의하면 되겠네요."

시몬스도 웃으며 세자의 손을 마주 잡았다.

"하하하! 맞는 말씀입니다."

악수를 마친 시몬스가 정색을 했다.

"그런데 하나 여쭙고 싶은 말이 있습니다."

"말씀해 보시지요?"

"이런 협상 능력은 어떻게 기르신 겁니까? 혹시 귀국의 세자가 되면 이런 교육을 받습니까?"

세자가 웃으며 고개를 저었다.

"그렇지는 않습니다. 누가 가르쳐 준 건 아니고, 혼자 노력해서 얻은 겁니다."

"놀랍네요. 동양에서 저하처럼 전체를 주도하시는 분은

이제까지 본 적이 없습니다."

"그래요?"

"예, 수십여 년 상인으로 살아왔지만, 솔직히 저하와의 협상에서 이길 자신이 없습니다."

세자가 웃었다.

"하하! 겸손의 말씀입니다. 각자 생각하는 게 달라서 그런 거예요. 귀사도 나와 협상하면서 조금의 손해도 보지 않잖아요."

"그렇기는 합니다만, 이렇게 힘든 협상은 일찍이 없었습니다. 그래도 어쨌든 좋은 결과가 나올 거 같아 기대가 큽니다."

"예, 그러면 되었어요."

이날의 논의는 여기서 끝났다.

세자가 바로 국왕을 찾았다. 네덜란드와의 협상 과정을 들은 국왕은 한동안 깊은 생각에 잠겼다.

그러던 국왕이 확인했다.

"이제 겨우 두 번 본 상대다. 그런 저들을 믿을 수 있겠느냐?"

"우리가 손해 볼 일은 조금도 없습니다. 그리고 저들이 먼저 숙이고 들어왔고요. 특히 우리로서는 서양과의 거래를 대신해 줄 대상이 필요한 상태입니다."

받아들이자는 말이었다.

"흐흠! 네 말대로 손해는 없겠지만, 어째 일이 너무 커지는 기분이구나."

"청국 때문에 신경이 쓰이시옵니까?"

국왕이 부정하지 않았다.

"그렇다. 백련교가 반란을 일으켜 정신이 없다지만, 청국은 결코 쉬운 나라가 아니다."

지난 봄 청국에서는 대규모 민란이 발발했다. 이런 민란을 백련교가 주도하면서 걷잡을 수 없이 번져 나가고 있었다.

세자가 고개를 저었다.

"꼭 그렇지만은 않사옵니다. 청국은 지금 외화내빈의 처지옵니다. 그런 청국이 이번 반란을 쉽게 진압하지는 못할 것이옵니다."

세자는 전생의 지식을 적당히 섞어 가면서 백련교도의 난을 조망했다.

국왕이 침음했다.

"으음! 만주가 비워진다는 말이냐?"

"그러하옵니다. 효종대왕 이래 본국은 북벌에 대한 희망을 버리지 않아 왔습니다. 그런 우리가 가장 우려했던 게 바로 심양에 주둔한 만주팔기였습니다."

국왕도 동조했다.

"그렇다. 청국은 우리를 견제하기 위해 심양에 십만에 가까운 팔기 병력을 주둔시켜 왔다. 그 바람에 우리의 북벌 의지는 지금까지 허망하게 무산되어 왔었지."

"청국의 팔기는 거의 유명무실해졌습니다. 들리는 말로는 대륙의 팔기 중 말을 타지 못하는 자들이 절반 이상이라고 합니다."

"그 말은 과인도 들어서 알고 있다."

"그런 팔기 중 그나마 제 몫을 하는 게 만주에 주둔해 있는 팔기 병력이옵니다. 헌데 백련교의 난이 확산되면 청국은 그 병력을 강남으로 보낼 수밖에 없을 것입니다. 그리되면 만주는 무주공산이 될 수밖에 없습니다. 그렇게 되면 우리는 절호의 기회가 생기게 되옵니다."

국왕의 용안이 커졌다. 세자가 말을 하는 의도를 정확히 알아들었기 때문이다.

"정녕 북벌을 추진하려는 게냐?"

세자가 대답 대신 상황을 설명했다.

"청국은 이전의 강성한 나라가 아닙니다. 의정대신인 화신(和珅)의 극에 달한 부정부패로 나라의 기강이 완전히 무너져 내렸습니다. 엎친 데 덮친 격으로 대규모 반란까지 발생했고요. 이런 청국의 사정은 본국에게 더없이 좋은 기회가 아닐는지요."

국왕이 고개를 저었다.

"쉽지 않은 일이다. 짐도 탐학한 화신에 대해서는 잘 알고 있다. 허나 그의 부정부패만으로 청국의 기강이 무너지지는 않을 거다. 그러기에는 청국은 너무 큰 나라야."

세자가 강하게 주장했다.

"아무리 높고 큰 방죽도 작은 틈 때문에 무너집니다. 하물며 최고 권력자의 부정부패는 순식간에 퍼져 나가기 마련입니다. 청국의 내부 문제가 당장 드러나지는 않겠지요. 허나 백련교의 반란을 진압하다 보면 청국의 민낯이 그대로 드러나게 될 것입니다."

부정적이던 국왕도 이 말에는 동조했다.

"문제가 있다면 그렇게 되겠지."

"그래서 소자는 10년 이후를 바라보려고 하옵니다. 그러면서 부국강병을 위해 네덜란드를 적절히 활용할 것이고요."

"……."

국왕은 쉽게 승낙하지 않았다.

북벌이란 단어에 가슴이 뛰지 않는 조선의 군주는 없다. 그만큼 숙원이지만, 잘못하다 청국에 다시 나라가 짓밟힐 수도 있었다.

이전의 호란은 청국이 대륙의 주인이 되기 전에 일어났다. 그래서 항복만 받고 물러났지만, 이제는 나라의 안위를 장담할 수 없었다.

고심하던 국왕은 타협안을 냈다.

"이렇게 하자. 대외 교역에 필요하다니 저들과 보조는 같이 하자. 그러기 위해서는 보다 긴밀한 협약이 필요할 터이니, 그 협상을 네가 주도하도록 해라."

"알겠사옵니다."

"그러나 북벌은 대놓고 추진하지 마라. 우선은 국방을 튼

튼히 하기 위한 병력 양성부터 하자. 그렇게 병력을 양성하고 난 이후 생각을 해 보자."

세자도 국왕의 신중함을 이해했다. 그리고 당장은 추진할 여력도 계획도 없었다.

"알겠사옵니다. 적어도 10년 이내에는 북벌을 입에 올리지 않겠사옵니다."

"그렇게 해라. 네 예상대로 10년 후 청국이 종이호랑이가 된다면, 북벌은 그때 가서 다시 진지하게 논의해 보자."

"예, 아바마마."

인사를 마친 세자가 전각을 나왔다.

'이 정도에서 만족하자. 내가 국왕이었어도 북벌을 쉽게 승인해 줄 수는 없었을 거다. 그래도 부국강병에 적극적인 걸 보니, 북벌에 대한 야망을 품고 계시는 건 분명하니 다행한 일이다.'

✿

다음 날.

네덜란드 동인도회사와 세부 사항에 대한 협의가 시작했다. 국왕의 지시도 있었지만 민감한 사안이 많아 세자가 직접 협의를 주도했다.

세자는 협상을 하기 전 네덜란드 상인이 가져온 상품부터 구매했다. 이들이 가져온 건 후추와 향신료, 그리고 설탕이었다.

조선에서 후추도 귀하지만 설탕도 귀하다. 정향과 육두구는 약재로 사용되어 가치가 상당했다.

네덜란드 상인들은 이런 물건들을 적당한 가격에 넘겼다. 박종보를 통해 미리 물량을 확인한 상황이어서 바로 가격이 책정되었다.

두 척의 범선도 가격이 산정되었다.

다음은 상무사였다.

이들에게 이번에 새롭게 만든 발화기와 탈곡기 등의 물건이 첫선을 보였다. 네덜란드 상인들은 새로운 물건을 보고는 처음보다 더 놀랐다.

세자도 이런 물건에 대한 가격을 적절히 책정했다. 그럼에도 발화기는 가격이 만만치 않았다.

"전부 구매하겠습니다."

네덜란드 상인들은 미리 생산해 놓은 발화기 물량을 전부 구매하려 했다. 그러나 세자는 청국과의 거래를 위해 발화기의 절반만 판매했다.

이를 아쉬워한 시몬스는 추가로 10만 개를 선주문했다. 그리고 다른 물건도 만들어 놓은 물량을 전부 구매했으며 추가 주문도 했다.

이러다 보니 지급해야 할 금액보다 받아야 할 금액이 더

개혁군주

많아졌다. 그리고 골회 자기나 부피가 큰 탈곡기도 있어서 배 한 척에 선적할 수 없었다.

세자는 그 자리에서 결정했다.

"우리 배 두 척을 모두 내드리겠습니다. 그러니 그 배에 물건을 실어 가세요. 잔액은 다음에 오실 때 정산을 하고요."

시몬스가 반색을 했다.

"그렇게 해도 되겠습니까?"

"물론입니다. 그대들도 먼저 배를 보내 주셨으니 우리도 그 정도의 배려는 해 드려야지요. 우리로서도 본격적인 대외교역을 앞두고 원양항해를 한 번 더 해 보는 것도 큰 경험이 될 것이고요."

"감사합니다. 돌아가자마자 부족한 금액을 바로 보내 드리겠습니다."

세자가 고개를 저었다.

"그러지 마시고 후추와 설탕, 그리고 남방에서 자생하는 약재를 가져다주셨으면 합니다."

"약재라면 무엇을 말하는 건지요?"

"우선 노니(Noni)와 침향(沈香), 여주(Balsam Pear)와 같은 약재가 좋겠네요."

이러면서 몇 가지를 더 주문했다. 시몬스가 주문한 품목을 꼼꼼히 필기했다.

"알겠습니다. 다른 약재도 있는지 더 찾아보고, 있으면 그런 품목도 따로 정리해 가져오겠습니다."

"그렇게 해 주세요. 남방에서 나는 약재가 귀해서 좋은 가격을 받을 수 있을 겁니다."

이어서 본격적인 협상이 진행되었다.

세밀한 내용까지 정리하느라, 협상은 사흘이나 걸렸다. 이렇게 작성된 협정서는 네 개 언어로 작성되어서 부피가 꽤 되었다.

❀

협상을 마친 날.

세자가 서류를 국왕에게 바쳤다.

"협상 명칭을 상무협상(商務協商)이라 지었습니다."

국왕이 문서를 세심히 살폈다.

"……잘했구나. 내용이 이 정도면 누구라도 문제 삼지 못하겠다."

세자가 박종보에게 눈짓했다. 그가 품속에서 서류 하나를 꺼내면서 보고했다.

"기밀을 요하는 사항은 특약을 따로 만들었습니다."

박종보가 건넨 특약에는 군사 부문 등 민감한 내용이 들어 있었다. 국왕이 심각하게 내용을 살피고서 주의를 주었다.

"이 특약 내용이 외부로 알려지면 문제가 될 소지가 많다.

개혁군주

그러니 어떠한 경우라도 기밀을 엄수해야 한다."

"알겠사옵니다."

세자가 특약 중 한글과 일어로 된 문서를 빼냈다. 그러고
는 국왕께 다시 바치며 건의했다.

"아바마마께서 직접 소각해 주세요."

국왕이 놀랐다.

"소각하면 협약이 쓸모없게 되지 않느냐?"

"만일에 대비해서이옵니다. 특약은 여기 있는 네덜란드어
와 영어로 된 문서만 있어도 유효합니다."

"분실되어 유출될 것을 우려하는구나."

"그렇사옵니다. 우리끼리라면 모르지만, 혹시 청국과 내
통하고 있는 자가 입수할 수도 있다고 생각했사옵니다."

국왕이 크게 고개를 끄덕였다.

"네 말이 맞다. 만사 불여튼튼이라고 했으니, 문제 될 건
미연에 예방하는 게 좋겠지."

국왕이 발화기로 한글과 일본어로 된 서류에 불을 붙였다.
적당히 기름을 먹인 종이는 이내 하얀 재만 남기고 스러졌다.

조선이 최초로 외국과 체결한 상무 협정은 중요한 의미를
지닌다. 세자의 능수능란한 협상력으로 상호 동등한 조약이
체결되었다.

앞으로 서구와 마주해야 할 조선에 중요한 선례가 만들어
졌다. 그리고 이 협상으로 상무사는 네덜란드 동인도회사라

는 든든한 파트너를 얻었다.

이 모두가 조선으로선 최고의 결과였다.

협상이 체결되고 상무사는 바빠졌다.

그동안 제작해 놓은 각종 물건이 세 척의 범선에 선적되었다. 십여 일 동안 물건을 선적한 범선들은 이내 바타비아로 돌아갔다.

네덜란드가 선주문한 물량은 상당했다. 상무사도 본격적으로 청국 광주로 교역을 시작해야 한다.

그런 제품의 수요를 감당하기에는 기존 공장의 규모가 작았다. 그래서 강화의 공장들은 대대적인 시설 확충에 들어갔다.

청국과의 교역에서 홍삼은 중요한 품목이다. 이런 홍삼이 그동안의 준비 과정을 거쳐 본격 생산을 시작했다.

시설 확충에는 많은 인력이 필요하다. 상무사가 인력을 강화에서 먼저 구하면서, 강화도의 청장년들이 공장으로 몰려들었다.

세자는 강화도 개발 과정을 철저하게 챙겼다.

상무사의 한쪽 벽면에 강화도 지도를 붙였다. 그리고 공장과 주요 시설을 전부 표시하게 했다.

시설 표시에는 채용한 인원도 빠짐없이 기록되어 있었다. 이날도 세자는 보고서와 지도를 보며 박종보와 한창 의견을 나누고 있었다.

"저하! 부평에서 사람이 왔사옵니다."

세자가 반색을 했다.

얼마 전, 부평에서 고대하던 광맥을 찾았다는 보고가 있었다. 그런 다음 처음으로 사람이 왔다는 말에 기대감이 폭증했다.

"어서 들라 하세요."

문이 열리고 김 내관이 두 사람을 데리고 들어왔다. 이들은 모두 덕대(德大) 출신으로, 광산 운영과 개발 전문가다.

덕대들은 광산 소유자로부터 자본을 투자받아 광산을 개발해서는 일정 지분을 나눠 먹는다. 그러나 상무사가 개발하는 광산은 왕실 소유였기에 이들에게 급여를 지급하고 있었다.

두 사람은 깊게 몸을 숙였다.

"세자 저하, 오랜만에 뵙사옵니다."

"그러네요. 벌써 두 달이 되어 가네요. 어떻게 성과가 있었나요?"

"그러하옵니다."

한 사내가 가져온 상자를 탁자에 올렸다. 김 내관이 상자를 열어 은괴를 꺼냈다.

"오! 드디어 은을 생산하였구나."

덕대 중 나이 많은 사람이 사정을 설명했다.

"지금은 온전한 생산이라고 할 수 없사옵니다. 광맥을 제대로 찾아 채굴을 시작했지만, 아직 선광장이 완성되지 못했사옵니다."

"모든 시설을 갖추려면 얼마나 걸리겠어요?"

"내년 봄은 되어야 제대로 생산할 수 있을 것 같사옵니다."

"광맥 조사는 해 봤나요?"

"실질적인 조사는 시간이 좀 더 필요합니다. 그러나 겉으로 드러난 것만 해도 엄청났습니다. 소인들이 확인한 바로는 광맥이 좁은 곳도 수 장(丈)이나 되고, 넓은 곳은 수십여 장이나 되옵니다."

"매장량이 상당하다는 말이군요."

"그러하옵니다. 그런데 문제가 하나 있사옵니다."

"무슨 문제지요?"

"광맥을 파다 보면 아래로 내려가는 경우가 있사옵니다. 이런 경우 지하수로 인해 부득이 더 들어가지 못하는 문제가 생기옵니다. 그런데 부평은 물이 많은 지역이어서 분명 지하수가 문제가 될 듯하옵니다."

"지하수 때문에 채굴을 못 한단 말이군요."

"예, 저하."

세자가 확인했다.

"그 부분만 해결하면 다른 문제는 없나요?"

덕대가 정확히 대답했다.

"부평은 산이 높지 않습니다. 그래서 그 부분만 해결된다면 나머지는 별문제가 없습니다."

"그렇군요. 그런데 선광장에서 광석을 분쇄하고 추출하는 일도 사람이 하고 있지요?"

"그러하옵니다."

"만일 광석 추출을 기계로 하면 능률이 많이 오르겠네요?"

덕대의 눈이 휘둥그레졌다.

"물론이옵니다. 그런데 소인은 그런 기계가 있다는 말을 들어 본 적이 없사옵니다."

세자가 웃으며 설명했다.

"지금 당장은 없지요. 허나 선광장이 만들어질 즈음에는 외국에서 그런 기계가 들어올 거예요. 그러니 선광장도 거기에 맞춰 만드세요."

이때, 다른 덕대가 나섰다.

"저하, 혹시 광부들이 캐낸 광석을 옮기는 기계는 없사옵니까? 만일 그런 기계가 있다면 생산량이 대폭 증대될 것입니다."

세자가 깜짝 놀랐다.

'뭐야? 이 사람, 지금 컨베이어벨트를 말하고 있잖아.'

세자가 잠깐 고심하다 고개를 저었다.

"당장은 어려울 거 같네요."

덕대가 아쉬워했다.

"아! 그렇습니까?"

"그러나 불가능한 건 아니니 연구해 볼게요."

덕대가 급히 몸을 숙였다.

"황감하옵니다. 미천한 소인의 말을 물리치지 않고 들어주셔서 감읍, 또 감읍하옵니다."

"별말을 다 하네요. 내가 생각해도 광석을 옮기는 기계가 있다면 일의 능률이 크게 높아질 거예요. 그런 제안을 했으면 상을 주어야지, 벌을 줄 수는 없지요."

세자가 은을 가리켰다.

"이 은은 최초로 나온 물건이어서 아바마마께 진상해야 합니다. 그래서 이걸 나눠서 상을 줄 수는 없어요. 하지만 다음에 생산된 물량으로는 필히 보상하겠어요."

덕대의 허리가 접혔다.

"황감하옵니다, 저하."

세자가 박종보를 찾았다.

"외숙."

"예, 저하."

"부평으로 도화서 화원을 보내세요. 그래서 광산이 자리한 모양과 산의 생김새, 그리고 선광장의 위치를 상세히 그려 오라 하세요."

"그렇게 하겠습니다."

세자가 덕대들에게도 지시했다.

"광석을 옮기는 기계를 만들려면 광산과 선광장이 일직선으로 있는 게 좋아요. 그러니 선광장의 위치가 너무 틀어져 있다면 처음부터 바로잡는 게 좋아요. 그리고 도화서 화원에게 지형지물을 최대한 잘 설명해 주세요. 그래야 내가 거기에 맞춰 연구를 할 수 있어요."

덕대들은 동시에 외쳤다.

"명심하여 거행하겠사옵니다!"

두 사람이 인사를 하고 돌아갔다.

그들을 배웅한 박종보가 궁금해했다.

"저하, 서양에서 들여올 기계 중에 광산에 투입할 것도 있사옵니까?"

"증기기관을 투입하려고 해요."

박종보가 바로 고개를 끄덕였다.

"증기기관이라면 가능하겠군요."

세자는 서양에서 들여올 기계 기물에 대해 시간이 날 때마다 설명해 주었다. 박종보는 그런 설명을 들으면서 착실하게 지식을 쌓아 가고 있었다.

그래서 세자의 말에 바로 반응했다.

"증기기관으로 물을 뽑아 올리면 되겠네요. 채굴한 광석도 분쇄하면 은을 채취하기 쉬워질 것이고요. 그런데 저하, 광석은 어떤 원리로 옮길 수 있는 건가요?"

세자가 연필로 그림을 그려 가며 컨베이어벨트의 원리에 대해 설명했다.

박종보가 탄성을 터트렸다.

"이야! 놀랍습니다. 이런 식으로도 증기기관을 활용할 수 있는 거로군요."

박종보는 한동안 그림을 들여다봤다. 그러던 그가 의외의
제안을 했다.

"저하! 광석을 파쇄하려면 강력한 힘이 필요하지 않겠습니까?"

"그렇겠지요."

"그러면 그 힘을 가진 기계로 은화를 제조할 수 있지 않을
까요?"

"아!"

세자가 깜짝 놀랐다.

세자는 생각지도 못한 증기기관의 활용 방안을 연속으로
지적당했다. 그것도 전부 다른 사람에게서였다.

세자의 반응에 박종보가 고개를 숙였다.

"제가 되지도 않은 일을 말씀드린 겁니까?"

세자가 급히 고개를 저었다.

"아니에요. 증기기관을 활용하면 은화 정도는 충분히 만
들어 낼 수 있어요. 아니, 문양도 아주 정교하게 새겨 넣을
수 있을 거예요."

"그렇다면 부평광산에서 생산된 은을 전부 은화로 만드는
게 좋겠습니다. 그리되면 대외 교역은 물론 백성들에게도 큰
도움이 되지 않겠습니까?"

세자는 거듭해서 놀랐다.

"은화까지 생각하시다니 놀랍습니다. 외숙께서 이런 제안

개혁군주

을 해 주실 줄은 몰랐습니다."

박종보가 머쓱해했다.

"하하! 저하를 보필하다 보니 저의 세상을 보는 눈이 많이 달라졌나 보옵니다."

"좋은 변화여서 기분이 다 좋습니다. 저를 도와주시는 외숙께서 깨인 생각을 하신다면 앞으로의 일에 큰 도움이 될 겁니다."

"감사합니다."

이러던 세자의 머릿속이 번쩍했다.

'아! 내가 너무 작은 것만 보고 있었구나. 지금 시대 무역 거래의 기준 화폐는 스페인 은화다. 무역 거래를 시작하면 스페인 은화를 최대한 거둬 우리 은화로 재발행할 수도 있다. 그리되면 우리 은화의 통화량이 지속적으로 증대되겠지. 그러다 우리의 국력이 아시아를 아우를 정도가 되면 우리 화폐는 기축통화가 될 수 있다.'

이런 생각이 떠오르니 머릿속이 복잡해졌다. 그러면서 자신도 모르게 생각에 빠져들었다.

박종보는 이런 세자를 보며 빙그레 미소를 지었다. 세자가 대화를 나누다 종종 깊은 생각에 잠기고는 했었기 때문이다.

그리고 어느 순간.

"아! 죄송해요, 외숙. 제가 잠시 뭔가를 생각하느라 결례를 했네요."

"아니옵니다. 그러실 수도 있지요. 그리고 한 말씀 더 드려도 되겠습니까?"

"말씀하십시오."

"우리 조선에는 서얼이라는 신분 때문에 좌절하거나 무위도식하는 인재들이 많습니다. 저는 상무사 관할로 이런 인재들을 모아 상인을 양성하는 기구를 설립했으면 합니다."

이 부분은 세자도 생각하고 있었다.

"좋은 생각입니다. 저도 상업학교와 공업학교를 만들 생각은 갖고 있어요. 그러나 아직 시기가 무르익지 않은 거 같아 보류하고 있답니다."

"역시 그런 준비까지 하고 계셨군요."

세자가 서둘러 정리했다.

"예, 그러니 학교 문제는 다음에 다시 논의하기로 해요. 우선은 이 은을 아바마마께 보이고 은화 제조부터 건의드려요."

"그렇게 하십시오."

세자는 바로 일어나 국왕을 찾았다.

대외 교역의 첫발

국왕은 부평에서 산출된 은을 보고 크게 기뻐했다. 그러나 세자가 제안한 은화 발행에는 의외로 신중하게 반응했다.

국왕의 표정이 심각했다.

"과거 우리 조선은 명나라의 금은 조공 요구에 혹독한 경험을 했다. 그래서 한때 나라에서 금은 광산 개발을 금지했던 일도 있다. 다행히 청국은 지금까지 조공 요구가 없었지만, 언제 그런 요구를 해 올지 솔직히 모른다."

"하오나 금은 광산 허가는 지속적으로 있어 온 일이지 않사옵니까?"

"그렇기는 하다. 그런데 그런 금은광은 채굴량이 적어 별 문제가 되지 않는다. 허나 은화까지 발행할 정도의 양이라면 문제가 될 소지가 많다."

"은화 발행을 빌미로 청국이 조공으로 요구할 수 있단 말씀인가요?"

"그렇다. 그리되면 우리 백성들이 얼마나 고생을 많이 하겠느냐? 백성들을 고생시킬 바에야 은광을 폐쇄하는 게 좋다."

일리가 있기는 하다. 그러나 이러한 시각은 청나라가 상국이라는 인식에서 출발한다.

세자는 난감했다. 국왕의 의견이 부정적이어서 자칫 은광 개발까지 문제가 될 수가 있었다.

그래서 강하게 반발했다.

"아바마마, 우리 조선은 결코 청국의 속국이 아닙니다. 은화 발행은 우리 백성의 삶을 편하게 하고 상업을 진흥시키기 위함이에요. 그런 우리 내정을 청국이 간섭할 수는 없사옵니다."

국왕이 바로 답변을 못 했다.

"으음!"

"그러한 논리라면 우리가 외국과 교역하거나 개항하는 문제까지도 허가를 받아야 합니다."

이 지적에는 국왕도 강하게 나왔다.

"그런 일까지 허가를 받을 필요는 없다. 과인은 저들이 과거의 명나라처럼 무리한 요구를 해 올 것이 걱정되어서 이러는 게다."

세자가 논리로 국왕을 설득하려 했다.

개혁군주

"명나라는 우리가 먼저 머리를 숙였습니다. 그 바람에 무리한 요구에 거절하지 못하고 곤욕을 치러야 했고요. 허나 청국은 다릅니다. 저들이 우리를 힘으로 압제했사옵니다. 그런 청국이 내정까지 간섭하는 건 용납할 수 없는 일이옵니다. 그리고 지금까지 그런 예도 없었고요."

"네 말은 이치는 맞다. 허나 저들이 힘으로 압박하면 당해낼 재간이 없는 게 문제다."

이 말을 한 국왕이 씁쓸해했다.

국왕의 한탄대로 조선의 실상은 무력하기 짝이 없었다. 그러나 지금은 격변이 시작되고 있었다.

세자가 차분히 설득했다.

"아바마마, 너무 성려하지 마십시오. 청국이 종이호랑이가 되는 건 시간문제입니다. 그런 청국을 하루빨리 이겨 내기 위해서라도 대외 교역에 적극 나서야 하옵니다. 그리고 대외 교역을 위해서는 실질 가치를 지니는 은화 발행이 필요하고요."

"으음!"

"국제 교역에서의 통용 화폐는 은화이옵니다. 대외 교역을 시작한 본국이 은화를 제조하는 건 너무도 당연한 일이옵니다. 그리고 은화를 발행하면 시중에 사장되어 있는 상평통보도 대량으로 회수할 수도 있사옵니다."

국왕의 용안이 커졌다.

"어떻게 그게 가능하단 말이냐?"

조선에서 화폐경제가 정착된 건 불과 100여 년 정도였다. 그런데 발행되는 화폐의 상당 부분이 유통되지 않고 양반가에 사장되고 있었다.

조선에서 최대 재산 가치는 쌀이다.

그런 쌀은 저장성이 약해, 한 해만 넘기면 문제가 생기곤 했다. 반면에 상평통보로 대변되는 화폐는 수십 년을 저장해도 변질되지 않았다.

그래서 양반가는 화폐를 유통 수단이 아닌 저장 수단으로 전락시켜 버렸다. 그로 인해 수시로 화폐를 발행해야 했으며, 구리를 수입하기 위해 골머리를 앓아 왔다.

세자가 이 점을 지적했다.

"양반들은 상평통보를 재물로 생각하고 있사옵니다. 그런 상평통보를 밖으로 꺼내기 위해서는 대체할 수단이 반드시 필요합니다."

국왕도 바로 동조했다.

"그렇구나. 은화가 있다면 구태여 무겁고 양도 많은 상평통보를 보관할 필요가 없지."

"그렇사옵니다. 천은(天銀) 한 냥이 우리 돈 넉 냥입니다. 우리 돈 한 냥은 엽전 천 푼이고요. 이를 환산하면 은 한 냥으로 엽전 사천 푼을 회수할 수 있사옵니다. 동전을 만드는 구리 사천 푼이면 그 무게만도 엄청나옵니다."

개혁군주

천은은 십성은(十成銀)이라고도 하며, 순도 100%인 은을 말한다. 숫자가 많다 보니 국왕이 쉽게 계산을 못 했다.

"그렇구나. 상평통보 당일전의 무게가 한 돈 이 푼이다. 그게 사천 개라면……."

세자가 얼른 연필을 꺼내 사칙연산을 했다.

"사천팔백 돈이며, 사백팔십 냥이옵니다."

"그래, 맞다. 사백팔십 냥. 허허! 계산하고 보니 정녕 적잖은 무게로구나."

480냥을 환산하면 18킬로그램이다.

은 1냥 37.5그램으로 무려 18킬로그램의 구리를 회수할 수 있다는 의미다. 이런 계산을 한 국왕의 생각은 처음과 크게 달라졌다.

세자가 가져온 은괴는 열 냥짜리다. 한 손에 들어오는 열 냥짜리 은괴로 무려 180킬로그램의 엽전을 회수할 수 있었다.

세자의 설득이 이어졌다.

"상업을 발전시키기 위해서는 은화와 같은 고액 화폐가 반드시 필요하옵니다."

국왕도 심각성을 인정하기 시작했다.

"상평통보의 가치가 낮아 문제이기는 하지."

"그러하옵니다. 요즘 시기 쌀 한 섬은 넉 냥입니다. 그런데 백성들이 쌀을 한 섬 사려면 당일전 엽전이 사천 개나 필요하옵니다."

"허허허! 맞다. 쌀 한 섬 사려고 엽전을 한 짐이나 져야 한다."

"그러하옵니다. 그래서야 어떻게 화폐가 제대로 통용이 되겠사옵니까? 이렇게 낮은 가치의 상평통보를 회수해서 새로운 주화를 만들어야 하옵니다. 지금의 상평통보는 상업 발전에 오히려 걸림돌이 되는 경우가 많습니다."

국왕도 이제는 분명히 알게 되었다. 그래서 처음과는 전혀 다른 말이 나왔다.

"새로운 주화를 어떤 식으로 만들자는 게냐?"

이 말을 들은 세자는 크게 기뻤다. 그리고 전생과 같은 형태의 화폐 발행을 건의했다.

"주화는 중량을 달리해 당일전과 당십전으로 발행해야 하옵니다. 그리고 은을 적절히 섞어 당백전도 만들어야 하고요."

"제대로 된 가치를 인정받게 하자는 말이구나."

"그러하옵니다. 은화도 한 냥짜리도 만들어야 하지만, 무역을 위한 별도의 무역 은화를 만들어야 하옵니다. 이렇게 화폐가 여러 종류가 되면 상업 발전에 큰 도움이 되옵니다."

국왕이 생각해도 나쁘지 않았다.

그러나 그런 화폐를 유통하기 위해서는 근본적인 문제가 있었다.

국왕이 그 점을 지적했다.

"좋은 생각이다. 그런데 우리 조선에는 글을 모르는 백성이 너무 많다. 이런 백성들은 종류가 많은 화폐를 제대로 사용하기 어렵지 않겠느냐?"

세자가 바로 대안을 제시했다.

"화폐의 문양을 달리하면 되옵니다. 뒷면에는 숫자로 가치를 표기하면 되고요. 그리하면 글을 모르는 백성들도 이용하는 데 전혀 문제가 되지 않을 것이옵니다."

국왕이 너털웃음을 터트렸다.

"허허허! 그런 묘안이 있었구나."

세자의 거듭된 설득이 이어졌다. 처음에는 부정적이던 국왕도 이제는 완전히 생각을 바꿨다.

그런 국왕이 질문했다.

"그런데 방금 무역을 위한 은화는 별도로 만들어야 한다고 했다. 그건 왜 그렇게 해야만 하는 것이냐?"

"과거 서양에서 가장 강력했던 나라가 스페인이란 나라이옵니다. 그런 스페인이 오래전 식민지에서 초대형 은광을 발견했었습니다. 그런 스페인은 산출되는 은으로 막대한 양의 은화를 만들었고, 그게 대외 교역에 기준이 되었다고 합니다. 그 기준을 따라야 교역이 편리하옵니다."

국왕이 알아들었다.

"스페인이란 나라의 은화와 같은 중량으로 우리도 만들어야 한다는 거로구나."

"그렇습니다. 그래야 호환이 되고, 국제사회에서 인정을 받을 수가 있습니다."

"그 무게가 얼마나 되느냐?"

세자가 은화 한 개를 공손히 바쳤다.

"이게 스페인 은화이옵니다. 화란 상인의 말에 의하면 중량은 6.5돈이라고 하옵니다. 그들의 도량형으로는 24.48그램이옵니다."

"우리의 도량형과는 맞지 않구나."

"그래서 무역 은화를 따로 발행해야 하옵니다. 무역을 하기 위해서는 어쩔 수 없이 저들이 정해 놓은 방식에 따를 수밖에 없습니다. 그리고 무역 은화는 대외 교역에만 사용하기 때문에 큰 문제는 없사옵니다."

국왕이 몇 번이나 고개를 끄덕였다. 그러던 국왕이 마지막으로 점검했다.

"은화를 발행하려면 막대한 양의 은이 있어야 한다. 그런데 부평광산에서 그만한 은을 지속적으로 채굴할 수 있겠느냐?"

"덕대의 보고에 따르면 부평광산의 광상이 엄청나다고 하옵니다. 그들의 보고를 최소로 잡아도 한 해 수백만 냥에서, 많게는 천만 냥의 은이 산출될 것으로 예상되옵니다."

국왕이 크게 놀랐다.

"그 정도로 매장량이 많단 말이냐?"

"그렇사옵니다. 그리고 외국과 교역을 시작하면 상당량의 은화를 벌어들일 것입니다. 여기에 운산 금광과 몇 군데 광산에서 금과 은이 본격 채굴되면 화폐 발행에는 큰 문제가

개혁군주

없을 것이옵니다."

이어서 세자는 앞으로 도입될 증기기관으로 생산량을 증대시킬 거라 보고했다.

이 말을 들은 국왕이 윤허했다.

"좋다. 네 생각이 그러하니 한번 추진해 봐라. 조정의 공론은 과인이 나서서 정리를 해 주마."

마음을 연 국왕이 전폭적으로 지지해 주겠다고 한다. 세자는 일어나 정중히 몸을 숙였다.

"황감하옵니다."

"허면 은화는 어떤 식으로 만들 거냐?"

"거기에 대해서는 고민해서 보고를 드리겠사옵니다. 단위별로 문양도 만들어야 하니, 도화서 화원과 그 부분도 연구해 보겠사옵니다."

"당장 시행하지는 못하겠지?"

"그러하옵니다. 새로운 화폐 주조를 위해서는 서양에서 들여오는 기계가 필요하옵니다. 그래야 정교하게 화폐를 제조할 수 있사옵니다. 그런 기계를 설치해서 준비하는 데에만 몇 개월이 걸리옵니다. 아마도 내년 상반기는 지나야 확실한 준비를 갖출 수 있을 것이옵니다."

국왕이 흔쾌히 고개를 끄덕였다.

"좋다. 그렇게 해라. 기왕 만들 거면 제대로 된 화폐를 만들어라. 회수할 상평통보로 만들 동전도 마찬가지다."

세자가 다짐했다.

"어디에 내놔도 부끄럽지 않은 화폐를 만들어 보겠사옵니다."

"허허허! 오냐, 알았다."

은화 발행은 생각을 못 했었다.

그러나 박종보의 건의를 듣는 순간, 쇠망치로 머리를 맞은 것 같은 충격을 받았다. 세자는 그 자리에서 생각을 바꾸고는 멀리 보고 가기로 했다.

조선 화폐를 기축통화로 만들고 싶었다. 조선 화폐의 근간도 이번에 아예 뜯어고치고 싶었다.

국왕은 처음 이런 제안에 난색을 보였다.

그러다 세자의 설득이 이어지면서 은화와 새로운 화폐 발행에 적극 동조하게 되었다. 국왕의 재가를 받아 든 세자는 날듯이 동궁으로 돌아왔다.

❖

세자는 도화서 화원 몇을 소집했다.

상무사가 출범한 뒤로 도화서 화원들은 거의 세자의 지시를 따르고 있었다. 조선에는 도화서 화원처럼 도면을 잘 그려 내는 사람이 없다.

그래서 거의 모든 화원이 각종 도면 작업에 투입되었다. 일부 화원은 세자가 지시한 풍경화와 풍속화 제작을 위해 자

개혁군주

주 출장을 다녔다.

세자는 조선 팔도의 실상을 알고 싶었다. 그래서 도화서 화원들을 정기적으로 팔도로 보내 실경산수화와 풍속화를 그려 오게 했다.

1년여의 이런 노력 덕분에 세자는 조선의 실상을 나름대로 파악할 수 있었다. 더불어 김홍도, 신윤복을 비롯한 당대 최고의 화원들은 수백여 점의 화첩을 남길 수 있었다.

이게 장안의 화제가 되었다.

다른 사람도 아닌 세자가 진경산수와 풍속화를 선호한다고 한다. 그로 인해 진경산수와 풍속화의 인기가 폭발적으로 늘어났다.

동궁으로 경화사족에서 보낸 그림 선물이 쏟아져 들어왔다. 다른 뇌물이었다면 처벌을 했겠지만 그림은 전부 받아들였다.

그리고 그림들을 별도의 전각에 전시해서는 모두에게 개방시켰다. 조선 최초의 미술관이 생긴 것이다.

그런데 이게 또 소문이 나서는 더 많은 그림 선물이 쏟아져 들어왔다. 이런 그림들도 세자는 조금의 사심도 부리지 않고 전부 미술관으로 넘겼다.

이런 일이 일어날 정도로 세자의 일거수일투족이 관심의 대상이었다. 세자에게 조금의 연줄이라도 대려는 사람들로 넘쳐 나고 있었다.

세자가 탁자의 물건을 가리켰다.

"여러분을 오라 한 건 이 물건 때문이에요."

세자가 탁자에 올려놓은 물건은 은괴와 상평통보였다. 의외의 물건을 본 화원들의 눈이 커졌다.

세자와 친분이 많은 김홍도가 나섰다.

"저하, 이 물건으로 무엇을 해야 하옵니까?"

세자가 고개를 저었다.

"이 자체로 무엇을 하는 게 아니에요."

세자가 국왕과 나눈 대화를 설명했다. 도화서 화원들의 눈이 더없이 커졌다.

"새로운 화폐를 만든단 말씀이옵니까?"

"그래요. 이전의 엽전과는 달리 앞면에 문양이 들어간 동전과 은화를 만들려고 해요."

세자가 자신이 생각하고 있는 도안에 대해 그림을 그려 가며 설명했다.

도화서 화원들은 화폐에 도안이 들어간다는 자체를 생각해 보지도 않았다.

김홍도가 고개를 갸웃했다.

"그런 식으로 화폐를 만든다는 말은 들어 본 적이 없사옵니다."

"동양에서 화폐 문양은 무게를 표시하는 숫자나 이름 정도가 고작이지요. 허나 서양에서는 이미 수천여 년 전부터 주화에 그림이나 사람의 얼굴을 새겨 넣고 있지요."

세자가 스페인 은화를 다시 꺼냈다.

"여기 그 견본이 있으니 확인해 보세요."

화원들이 은화를 보고 놀랐다.

"도안이 대단히 정교합니다."

"그러게 말입니다. 이 정도로 잘 나오게 하려면 문양도 정교하게 그려야겠습니다."

세자는 잠시 기다려 주었다.

화원들은 처음 보는 은화를 놓고 한동안 토론을 벌였다. 그리고 나서 김홍도가 다시 나섰다.

"저하! 문양을 만들 수는 있사옵니다. 세밀화도 그릴 수가 있고요. 하온데 그런 밑그림을 장인들이 제대로 구현할 수 있겠사옵니까?"

"이제 시작이니, 전국을 뒤져서라도 그런 장인을 찾아봐야지요."

"만일 찾지 못하면 어떻게 하옵니까?"

"그러면 외국의 기술자라도 초청할 겁니다."

"그러시군요. 그런데 그림은 무엇으로 결정하실 겁니까?"

"은화는 가치가 높으니 용을 생각하고 있어요. 그러나 다른 것은 아직 생각해 보지 않았습니다. 그러니 여러분들께서도 좋은 제안이 있으면 해 보세요."

"알겠습니다."

또 하나의 변화가 시작되었다.

세자는 기축통화에 대해 말하지 않았다. 지금의 조선에서 기축통화가 어떤 가치를 지니는지 알고 있는 사람은 아무도 없다.

더구나 조선의 화폐를 기축통화로 만든다는 건 지난한 일이다. 그래서 그 계획은 한동안 마음속에만 품기로 했다.

✽

화폐 발행이 본격 논의되었다.

다음 날 상참에서 국왕은 은화와 주화 발행에 대해 거론했다. 대신들은 당연히 크게 술렁였다.

새로운 화폐 발행은 국가 경제의 근간을 바꾸는 일이다. 특히 은화는 국왕도 발행을 주저할 정도로 민감한 사안이었다.

그런데 놀라운 일이 일어났다.

국왕의 설명을 들은 대신들의 반응이 제법 호의적이었던 것이다.

물론 여러 대신이 은화 발행에 따른 문제점을 조목조목 지적하긴 했다.

대신들의 우려는 국왕과 대동소이했다.

그래서 국왕은 그런 지적들을 주저함 없이 설명했다. 그러면서 그런 대답을 세자가 한 것이라고 알려 줬다.

개혁군주

그러자 신기하게도 대신들은 '그러면 그렇지.' 하는 표정으로 고개를 끄덕였다. 그러면서 내년 상반기까지 시간이 있으니 시간을 두고 논의하자고 결의했다.

물론 일부 대신들의 반대가 없지는 않았다. 그러나 이런 반대는 다수 중신의 반론에 바로 꼬리를 내릴 수밖에 없었다.

국왕은 이런 분위기에 크게 놀랐다.

"허허허! 과인은 오늘 조정의 새로운 모습에 많이 놀랐소이다."

영의정 홍낙성이 사정을 설명했다.

"이번에 무상으로 공급된 탈곡기가 실로 놀라운 위력을 발휘하고 있사옵니다. 개발청에서는 백여 명의 몫을 한다고 했는데, 실제 사용해 보니 그보다 훨씬 효용가치가 높다고 합니다. 그 바람에 온 백성이 한목소리로 왕실과 세자 저하를 칭송하고 있사옵니다. 덕분에 조정도 모처럼 백성들에게 좋은 말을 듣고 있고요."

채제공이 거들었다.

"저하께서 지적하신 상평통보의 문제점은 신들도 이미 알고 있는 일이옵니다. 하오나 구리의 수급과 물가 안정 문제가 걸림돌이 되어 지금까지 새로운 화폐 발행을 추진하지 못하고 있었사옵니다."

"그러하옵니다. 그러나 구리와 은이 지속적으로 공급된다면 충분히 논의해 볼 만한 문제이옵니다. 솔직히 신들도 조공에 대한 부분을 걱정하지 않는 건 아니옵니다. 하오나 청나라는 명나라와 엄연히 다르옵니다."

홍낙성도 세자와 같은 논리를 펴고 있었다. 의외로 대부분의 대신이 그 논리에 호응했다.

국왕은 이런 반응에 미묘함이 숨어 있다는 걸 느꼈다. 그래서 의문의 눈길로 심환지를 바라봤다.

근래 들어 벽파의 수장인 김종수가 자주 병석에 누웠다. 그로 인해 벽파는 심환지를 중심으로 돌아가고 있었다.

그런 심환지도 화폐 발행에 반대하지 않았다. 국왕의 눈길을 받은 심환지가 웃으며 설명했다.

"천연두 예방접종 당시, 신들은 세자 저하에 대한 마음의 빚이 있사옵니다."

모든 중신이 고개를 끄덕였다. 이들은 당시 주춤거리던 자신들의 행동을 자책해 왔다.

"더구나 얼마 전에는 치료용 소독제라는 놀라운 약재를 새롭게 개발하셨고요. 세자 저하께서는 보령에 어울리지 않게 서양과의 교역을 추진하시면서 놀랍게도 차분하게 진행하고 계십니다. 그런 저하가 발의한 화폐 발행 계획을 신이 거부할 수는 없는 일이옵니다."

이 말이 끝나기 무섭게 곳곳에서 동조하는 발언이 나왔다. 국왕은 이런 조정을 보며 격세지감을 느끼지 않을 수 없었다.

세자가 바뀌고 아직 2년이 되지 않았다. 그럼에도 조정이 세자를 바라보는 시선은 이전과는 비교하지 못할 정도로 달라졌다.

국왕으로선 그 자체가 기꺼웠다.

"허허허! 모든 대신이 우리 세자를 이리 높이니 아비로서 기쁘기 한량없소이다. 그러나 화폐 발행은 신중해야 하는 국가 대사요. 그러니만큼 조정은 동궁과 잘 협의해 유종의 미를 거두도록 하시오."

"명심하겠사옵니다."

이렇듯 화폐 발행이 조정 중론으로 결정되었다.

주전도감(鑄錢都監)이 설치되었다. 좌의정 채제공이 도제조, 호조판서가 제조가 되어 세자의 계획을 적극 지원하기로 했다.

이런 사실 자체가 대단한 일이다.

지금까지 조정은 시파와 벽파로 나뉘어 서로 발목을 잡는 바람에 제대로 된 일을 추진하지 못하고 있었다. 그런 조정이 모처럼 하나가 된 것이다.

세자는 자신으로 인해 조정이 하나가 되었다는 사실에 고무되었다. 그래서 더 열심히 업무에 임했으며 경전 공부도 빼놓지 않았다.

시간이 흘러 11월이 되었다.

바타비아로 갔던 상무사 범선 두 척이 귀환했다. 그런 범선에는 네덜란드 동인도회사가 보내 준 후추와 향신료, 그리고 설탕과 각종 약재가 가득 실려 있었다.

상무사는 이런 물건들을 조선의 각 상단에 도매로 넘겼다. 일정 부분은 왕실로 들여와 조정 관리들에게 녹봉에 더해 분배해 주었다.

분배되는 양은 결코 많지 않았다. 그러나 워낙 귀한 후추이고 설탕이어서, 이런 상무사의 조치는 대단한 호응을 불러왔다.

전국 상단을 통해 후추와 설탕 등이 전국으로 풀렸다. 그로 인해 이전과 달리 돈만 주면 물건을 구할 수 있게 되었다.

물론 아직은 값이 싸지는 않았다.

그러나 후추가 금보다 귀하지는 않게 되었다 설탕도 마찬가지로, 왕비가 먹고 싶어도 구하지 못하는 귀물이 아니었다. 이런 변화만으로도 백성들은 세상이 바뀌고 있음을 절감했다.

※

그리고 해가 바뀐 첫날.

드디어 상무사의 첫 교역이 시작되었다. 박종보가 이십여

개혁군주

명의 직원들과 세자에게 인사를 했다.

"세자 저하, 소인들 다녀오겠습니다."

세자가 안부 인사를 했다.

"잘 다녀오세요, 외숙. 첫 교역이니만큼 여러모로 쉽지 않을 거예요."

"심려하지 마십시오. 이 사람들의 도움을 받아 서양과의 거래는 물론 청국과의 거래에도 꼭 좋은 성과를 갖고 오겠습니다."

네덜란드 동인도회사는 상무사의 대외 교역을 적극 도와주고 있었다. 그들은 네덜란드인 통역을 두 명이나 보내 주었으며, 광저우에 있는 자신들의 상관도 이용할 수 있도록 배려를 해 주었다.

세자가 모두를 둘러봤다.

"여러분들의 이번 항해는 우리 조선 역사에 길이 남게 될 겁니다. 그렇다고 너무 긴장하지 말아요. 그동안의 노력은 분명 상거래에 큰 도움이 될 거예요. 그리고 여기 있는 네덜란드 상인들은 영어와 불어에 능하니 협상에 큰 도움이 될 겁니다……."

세자는 조금 더 격려사를 하고 끝냈다. 그러고는 모든 사람에게 일일이 다가가 악수를 했다.

상무사의 직원들은 그동안 세자로부터 많은 교육을 받아왔다. 그런 교육 중 서양 관습도 당연히 들어 있었으며, 이제는 누구도 세자가 내미는 손을 보고 어색해하지 않았다.

그렇게 모두와 인사를 하던 세자는 네덜란드인 통역들에게 특별한 감사를 표시했다. 상무사에 소속된 통역에게도 당부를 잊지 않았다.

인사를 마친 상무사 직원들은 곧바로 대궐을 빠져나왔다. 그리고 선걸음에 마포나루로 내려왔다.

마포나루에는 이들을 태우고 갈 범선 한 척이 대기하고 있었다. 상무사 직원을 태운 범선은 바로 출항해 한강을 내려갔다.

범선은 그대로 바다로 빠져나갔다.

상무사는 첫 거래에 모든 범선을 투입하지 않았다.

그렇다고 물량을 적게 선적하지도 않았다. 천 톤의 범선에는 오만여 개의 발화기와 각종 신제품, 그리고 청국과의 거래를 위해 일만 근의 홍삼이 선적되어 있었다.

한양을 출발한 상무사 범선은 나흘 만에 광저우에 도착했다.

광저우는 하항(河港)이다. 그런 하항도 외국 상선들은 이용을 할 수 없다.

청국은 외국과의 거래를 위해, 자신들이 이용하는 하항의 외곽 일정 지역을 교역 장소로 지정했다. 여기는 허가받은 상인만 출입할 수 있었다.

이런 상인들이 광동십삼행(廣東十三行)으로, 달리 공행(公行)이라 불리기도 한다. 청국은 이런 공행을 통해 서양과 교역하고 있었다.

이곳의 외국 상관은 무려 열일곱 개나 되었다. 이런 외국 상관 중 네덜란드 상관은 설치된 시기도 오래되었으며 규모도 상당했다.

선원들이 능숙하게 네덜란드 동인도회사 전용 포구에 정박했다. 이렇게 할 수 있었던 까닭은 항해술을 배우며 몇 번 다녀간 덕분이었다.

배가 정박하자 네덜란드 상인 몇이 다가왔다. 이들은 조선에 난파되었던 사람들로, 미리 와서 기다리고 있었다.

박종보가 반갑게 인사했다. 박종보의 입에서 나온 말은 어색하긴 해도 네덜란드어였다.

"반갑습니다, 호안."

호안으로 불리는 상인이 환하게 웃었다. 그러면서 어색한 조선어로 답례했다.

"어서 오세요. 고생 많았습니다."

네덜란드와 조선의 상인들은 교류가 시작되면서 양국 언어를 익히기 위해 많은 노력을 해 왔다. 덕분에 대부분의 상인은 인사말 정도는 하게 되었다.

그러나 아직 협상할 정도까지로 능숙한 것은 아니었다. 그 대신 역관 출신들은 훨씬 더 능숙하게 네덜란드어와 영어를 구사할 수 있었다.

조선의 범선이 도착하자 각국 상관에서 많은 사람이 구경을 나왔다.

이들은 네덜란드가 조선과 교역을 시작했다는 사실을 알고 있었다. 그리고 조선에 놀라운 물건이 많다는 점도 알고 있었다. 그래서 큰 관심을 가지고 상무사 범선이 정박하는 모습을 구경했다.

그런데 이들보다 먼저 조선 상인들을 마중 나온 무리가 있었다. 이들은 청국 관리들과, 창과 칼을 든 병사들이었다.

박종보가 호안과 인사하고 있을 때 이들이 다가왔다. 호안이 그들을 알아봤다.

"월해관(粵海關)의 관리들이군요."

박종보도 네덜란드 상인들로부터 지역 사정을 들어서 알고 있었다. 그래서 월해관의 관리들이 먼저 올 거라고 예상하고 있었다.

"역시 세관 관리가 먼저 오는군요."

"그렇습니다."

잠깐 사이 청국 관리가 다가왔다.

"여기는 화란의 전용 포구인데, 그대들은 어디서 온 사람들이오?"

박종보가 두 손을 모으며 인사했다.

"처음 뵙겠습니다. 저는 조선의 왕실 상단인 상무사의 대표인 박종보라고 합니다."

역관을 통해 인사를 받은 청국 관리가 바로 반응했다. 그도 두 손을 모으며 인사했다.

"오! 그렇지 않아도 경사(京師)에서 조선 왕실 상단이 내왕한다는 말은 들었소. 잘 오셨소이다. 나는 월해관의 주원용이오."

"아! 주 대인이시군요."

"조선은 지금까지 개시와 연경에서 교역을 해 온 것으로 알고 있소. 그런 조선이 구태여 이곳을 찾은 이유가 뭐요?"

"본국이 상무사를 만든 까닭은 외국과의 교역을 위해서입니다. 그런 상무사가 대외 교역을 하려면 이곳에 있는 외국 상인과의 거래가 꼭 필요합니다."

주원용이 확인했다.

"조선이 개항하는 거요?"

박종보가 분명하게 밝혔다.

"그렇지 않습니다. 개항을 할 거면 외국 상인을 본국으로 불러들이지, 우리가 여기로 올 리가 있겠습니까?"

"그렇군요. 조선은 우리 청국의 배려로 지금까지 세금을 내지 않았었소. 그런데 여기서 교역을 하게 되면 관세를 내야 하는 건 알고 있소?"

박종보가 몸을 낮췄다.

"그 문제는 배에 올라가서 논의하시지요. 여기에는 보는 눈이 많지 않습니까?"

주원용이 흔쾌히 동의했다. 그런 그의 얼굴에는 순간적으로 탐욕이 휘돌았다.

"그럽시다. 어차피 선적해 온 물건도 검사해야 하니 배로 올라갑시다."

박종보가 호안에게 양해를 구했다.

"관세 문제로 협의할 사안이 있습니다. 귀사의 상관은 그 일을 마치고 찾아뵙겠습니다."

호안도 바로 동의했다.

"그렇게 하십시오. 저는 그럼 돌아가서 기다리겠습니다."

갑판을 오른 주원용이 놀라워했다.

"그대들이 이런 범선을 타고 올 줄 꿈에도 생각 못 했소이다. 조선에 배가 없었던 거요?"

"본국 선박은 원양항해에 적합하지 않습니다. 그래서 화란 회사에서 구매한 것이지요."

"귀국이 어떻게 화란과 인연을 맺게 된 것이오?"

"지난해 화란 상선이 난파되어 온 적이 있었습니다. 그들을 구난해 주면서 인연을 맺게 되었습니다."

"그랬군요."

주원용이 갑판을 죽 둘러봤다. 그러고는 박종보의 안내로 선수(船首)에 만들어진 방으로 들어갔다.

"앉으시지요."

주원용이 의자에 앉으며 놀랐다.

"배에 이렇게 넓은 방이 있을 줄 몰랐소이다."

"본래는 선장실인데 제가 임시로 사용하고 있지요."

주원용이 탁자에 놓인 물건을 집어 들었다.

"이건 뭐 하는 물건이오?"

"그 물건은 성냥이라고 합니다."

"성냥이오?"

"그렇습니다."

박종보가 성냥으로 능숙하게 불을 켰다. 그 모습을 본 주원용이 깜짝 놀랐다.

"아니! 이렇게 쉽게 불을 붙이는 물건이 있다니. 이건 어디서 난 거요?"

"우리가 만든 물건입니다."

주원용의 눈이 커졌다.

"이런 물건을 조선에서 만들었다고요?"

박종보는 불쾌감이 확 올라왔다. 주원용의 말투에서 무시하는 느낌을 받았기 때문이다.

그러나 일부러 웃으며 대답했다.

"하하하! 이건 아무것도 아닙니다."

이러면서 주머니에서 발화기를 꺼냈다.

"주 대인은 이런 물건을 본 적이 있습니까?"

"그게 어디에 쓰는 물건이오?"

박종보가 능숙하게 뚜껑을 열고서 불을 붙였다.

찰칵!

"오오!"

주원용이 크게 탄성을 터트렸다. 그런 반응은 함께 들어온 청국 사람 모두 한결같았다.

박종보가 발화기를 건넸다.

"직접 해 보시지요."

주원용은 몇 번이나 불을 켜면서 신기해했다. 그런 그의 표정에는 탐욕이 이글거렸다.

박종보의 목소리가 은근해졌다.

"마음에 들면 선물로 드리겠습니다."

주원용의 얼굴이 환해졌다. 그는 두 손을 모아 쥐고는 흔들어 댔다.

"이런 귀물을 선물로 주다니. 참으로 고맙소이다."

주원용은 한동안 발화기를 손에 놓지 않았다. 그런 그가 발화기를 주머니에 넣고 나서야 박종보가 말을 이었다.

"대인과 따로 할 이야기가 있는데, 어떻게 기회를 주시겠습니까?"

주원용이 고개를 저었다.

"여기 있는 이들은 내 수족들이오. 그러니 어떤 말을 해도 말이 밖으로 나가지 않을 거요."

"좋습니다. 그러면 먼저 확인할 사안이 있습니다."

"말씀해 보시오."

"서양 상인들은 관세를 얼마나 냅니까?"

"통상적으로 판매 금액의 일 할에서 이 할이오."

"요율이 정해진 건 없다는 말씀인가요?"

"아직은 없소이다. 물건의 종류와 물량에 따라 달리 책정이 되지요."

"그러면 우리 상무사도 그렇게 내야 합니까?"

주원용이 주저 없이 대답했다.

"그거야 당연한 일 아니오?"

박종보가 말을 돌렸다.

"서양인들이 귀국과 교역하는 물건은 대략 무엇입니까?"

"별거 없어요. 본래는 영국 상인들이 원단을 가져왔었는데, 너무 비싸서 거의 팔리지 않았지요. 그래서 이제는 그들의 물건을 파는 것보다 우리 물건을 훨씬 많이 사 가고 있소이다."

"서양 상인들에게 거둬들이는 관세가 별로 없다는 말씀이군요."

"그렇지 않아요. 요즘은 미국에서 삼이 대량으로 들어오고 있소이다. 그래서 이전보다는 관세 수입이 꽤 많이 늘었소이다."

"미국의 삼은 본국의 삼보다 약효가 훨씬 떨어지는데도 많이 수입되나 봅니다."

주원용이 고개를 저었다.

"아무리 약효가 좋으면 뭐 해, 조선 인삼이 너무 비싸서 제대로 구입을 못 하는데. 그리고 물량이 적은 것도 문제요."

박종보가 확인했다.

"주 대인께서는 혹시 본국의 홍삼을 아십니까?"

"당연히 잘 알다마다요. 백삼보다 효능이 뛰어난 홍삼을 모르는 사람은 없소이다."

옆에 있던 청국 관리가 동조했다.

"조선의 삼은 좋은 약재이지요. 허나 기름진 음식을 많이 먹는 우리 청국 사람이 백삼을 잘못 먹으면 배가 탈이나 고생을 합니다. 그에 반해 홍삼은 약효도 훨씬 뛰어나고 탈이 없어서 우리의 체질과도 맞는 약재이지요."

박종보가 청국 관리에게 질문했다.

"이곳에서는 홍삼이 얼마에 거래가 됩니까?"

"대략 천은 삼사백 냥에 거래되는 것으로 알고 있습니다. 허나 구하기가 워낙 어려워서 그림의 떡이지요."

주원용이 확인했다.

"내가 알기로 북경에서도 귀국의 홍삼은 거래가 거의 되지 않는다고 들었는데 아니요?"

"지금까지는 그랬습니다. 그러나 이번에 홍삼을 증포(蒸包)할 수 있는 기술을 새롭게 개발했습니다."

주원용의 눈이 찢어질 듯 커졌다.

"오! 그러면 양산이 가능하게 된 거요?"

"그렇습니다."

"아! 그래서 여기에서 교역을 하려는 거였군요."

"그런 이유도 없지 않습니다. 방금 저분이 말씀한 대로 이곳에서 홍삼은 천은으로 삼사백 냥에 거래됩니다. 허나 책문 개시에서는 백 냥, 북경에서는 백오십 냥 정도에 거래되는 형편이지요."

이러면서 손짓을 했다.

대기하고 있던 직원이 상자를 탁자에 올렸다. 그렇게 올라온 상자는 겉모양부터가 남달랐다.

"이 상자에는 최상품 홍삼이 들어 있습니다. 보시는 대로 나무를 찌고 붉은색을 입혀 습기에 강합니다. 그리고 이렇게 본국의 전매청이 품질을 인정한다는 직인이 찍혀 있습니다. 그러고."

박종보가 상자를 열었다.

상자는 일부러 아귀가 꽉 맞게 제작되어서, 여는 데 꽤 힘이 들어갔다. 그렇게 열린 상자에는 이중의 한지 포장지에 홍삼이 가지런히 놓여 있었다.

"홍삼도 이렇게 한 개 한 개 우리 한지로 정성 들여 포장되어 있습니다."

주원용과 청국 관리들은 탄성을 터트렸다. 별다른 설명이 없어도 상자와 포장 방식은 한눈에 봐도 고급품이라는 생각이 들게 했다.

주원용이 그 점을 지적했다.

"이런 식으로 약재를 정성 들여 포장한 경우는 처음이오."

다른 관리가 동조했다.

"그러게 말입니다. 그냥 한눈에 봐도 귀물이라는 걸 알 수 있을 정도입니다."

박종보가 잠시 기다렸다 나섰다.

"대인, 우리는 앞으로 홍삼은 물론이고, 방금 보신 발화기 등의 공산품을 대량으로 거래할 계획입니다. 그러면 월해관의 실적도 크게 늘어나고 대인께도 도움이 되지 않겠습니까?"

주원용이 인정했다.

"그렇게 되겠지요. 그러나 그저 그런 정도의 실적이라면 별 도움이 되지 않아요. 아니, 오히려 일이 늘어나 번잡기만 하겠지."

"우리 상무사는 대외 교역을 위해 이런 범선을 세 척이나 구매했습니다."

"그렇게나 많이 배를 사들였다고요?"

"그렇습니다. 그리고 교역량의 증대에 따라 추가로 더 구매할 예정입니다. 그러니 대인께서 관세에 대한 편의를 제공해 주시지요. 그러면 홍삼은 매년 수만 근 이상을 가져오겠습니다. 그리고 발화기와 같은 새로운 물건도 대량으로 가져오겠습니다."

주원용의 눈이 커졌다.

"그렇게나 많이 가져올 수 있단 말이오?"

"우리는 이번 교역을 위해 본국의 강화에다 대규모 공장을 설립했습니다. 그래서 지속적으로 물건을 공급할 수 있지요. 그런데."

박종보가 말을 끊고 주원용을 바라봤다.

"대인께서 고율의 관세를 부과한다면 어쩔 수 없이 이전처럼 책문과 북경으로 물건을 가져가야 합니다."

주원용이 문제를 지적했다.

"그러면 양이들과 교역을 하지 못할 거 아니요."

박종보가 고개를 저었다.

"그렇지 않습니다. 우리는 이미 화란 상인들에게 거래를 대행시켰지요. 그래서 이곳에서의 거래가 여의치 않으면 교역 물량을 전부 그들에게 넘기면 됩니다."

"그러면 물건을 전부 그들에게 넘기면 될 것을, 뭐 하러 여기까지 온 거요?"

"대인께서 아실지 모르지만, 화란의 본국은 지금 프랑스에 함락되어 속국으로 전락해 있습니다. 그리고 전운이 감돌고 있어서 화란 상인이 서양의 모든 나라를 감당할 수 없습니다."

"으음!"

주원용이 침음했다.

박종보가 이런 제안을 할 정도로 청국의 관세는 요율이 정해지지 않았다. 그래서 세관의 관리가 마음만 먹으면 얼마든지 낮춰 줄 수 있었다.

　더구나 새로운 물건들이었다.

　박종보의 목소리가 은근해졌다.

　"본국과 귀국은 특별한 관계이지 않습니까? 주 대인께서 도움을 주신다면 우리는 그 은혜를 절대 잊지 않을 것입니다."

　주원용의 눈이 대번에 빛났다. 그런 모습을 본 박종보가 열려 있던 홍삼을 덮었다.

　"이 상자에는 한 근의 홍삼이 들어 있습니다. 우리가 이번에 가져온 홍삼은 일만 근입니다. 만일 대인께서 관세에 편의를 봐주신다면 홍삼 열 근을 선물로 드리겠습니다."

　"여, 열 근이나요?"

　"그러하옵니다."

　주원용이 침을 꿀꺽 삼켰다.

부국강병

월해관은 청국 내무부(內務部) 직할 기관이다. 내무부는 황실과 환관, 궁녀를 통제하고 관리하는 목적으로, 만주에 있을 당시 설립되었다.

그런 내무부는 강희황제 이전까지는 유명무실한 기관에 불과했다. 그러던 내무부가 면모를 일신한 건 강희황제가 몇 개의 항구를 개항하고, 그 항구에 세관인 해관을 설립하면서부터다.

강희황제는 이런 해관을 황실 직할 기관인 내무부가 관리하게 했다. 그러고는 인삼과 소금의 전매까지 관리시키면서 내무부의 권력이 막강해졌다.

박종보가 협상을 주도할 수 있었던 건 전적으로 세자 덕분이다. 세자는 전생의 지식을 이용해, 이 시기의 서양과 청국 간의 교역 상황을 교육했다.

해관이 황실 직할 내무부 소속이라는 점도 당연히 주지시켰다. 그런 교육을 받은 박종보는 손쉽게 주원용과의 협상을 쥐락펴락하고 있었다.

생각지도 않은 제안에 주원용의 탐욕은 더없이 커졌다. 주원용이 수량을 다시 확인했다.

"그러면 일만 근의 홍삼을 들여올 때마다 열 근의 홍삼을 선물하겠다는 거요?"

"하하하! 물론입니다. 그리고 발화기도 같은 수량을 선물하겠습니다. 그러니 대인께서 넓은 아량을 베풀어 주십시오."

주원용이 고심했다. 그는 홍삼 상자와 발화기를 꺼내서 탐욕스럽게 바라보며 한참을 고심했다.

그러던 그는 마침내 결정했다.

"좋소. 본국과 귀국의 관계가 있으니 세율은 대폭 내려 주겠소이다. 그러나 나도 인사를 하는 곳이 많아서 이 물량으로는 부족하니 오십 근을 주시오."

박종보가 크게 놀랐다.

"대인, 오십 근이면 엄청난 양이옵니다."

주원용이 고개를 저었다.

"따지고 보면 그렇게 많은 양이 아니오. 우리 월해관은 황실에 소속된 내무부의 직할 기관이오. 그래서 이런 일이 결정되면 인사를 할 곳이 한두 군데가 아니요."

"그래도……."

박종보가 앓는 소리를 하려 했다. 그러자 주원용이 손을 들어 제지했다.

"그 대신 그대들의 관세를 오 푼으로 고정해 주겠소."

"오 푼이라고요?"

"그렇소. 지금까지 이런 관세 요율은 일찍이 없었소. 본국 과 귀국의 관계가 아니었다면 절대 있을 수 없는 비율이오. 그리고 관세를 물납하는 것도 인정해 주겠소이다."

놀란 박종보가 다시 확인했다.

"물납도 가능하다고 하셨습니까?"

"그렇소이다. 솔직히 그 자체가 대단한 파격이라 할 수 있 소이다. 알고 있는지 모르지만, 우리 청국은 모든 세금을 은 으로 납부하게 되어 있소."

박종보는 내심 크게 기뻤다.

세자와 본국에서 협의하며 백 근까지도 염두에 두고 있었 다. 그런데 오십 근에서 정리가 되었다.

무엇보다 물납도 가능하고 오 푼의 고정 세율이라면 대단 한 결과가 아닐 수 없었다.

그러나 겉으로는 고심하는 표정을 지었다. 박종보가 잠깐 생각하는 척하다 문제가 제기했다.

"대인, 만일 가져온 물건을 다 팔지 못하면 어떻게 하옵니까?"

주원용이 간단히 정리했다.

"관세는 팔린 만큼만 납부하는 거요. 그러니 선물도 거기에 맞춰 준비해 주시오."

"서양과의 거래는 어떻게 됩니까?"

주원용이 딱 선을 그었다.

"그건 우리와 관계없는 일이오."

박종보가 바로 결정했다.

"확실하게 정리해 주셔서 감사합니다. 좋습니다. 우리 상무사는 대인의 제안대로 하겠습니다."

주원용의 입이 귀에 걸렸다.

"하하하! 잘 생각했소이다. 그대의 결정은 앞으로 상무사의 교역에 두고두고 도움이 될 거요."

박종보가 손을 모아 쥐었다.

"감사합니다. 그보다 저는 대인과 인연을 맺게 된 것이 더 기쁩니다."

주원용도 손을 모아 쥐고 흔들었다.

"고마운 말씀이오. 앞으로 이 주 모가 도울 일이 있으면 언제라도 말씀하시오."

"이번의 일을 문서로 남겨야겠지요?"

"당연히 그래야지요. 여봐라, 지필묵을 준비하라."

"예, 대인."

청국 관리가 능숙하게 가져온 필기구와 종이를 탁자에 올렸다. 그러고는 두 사람이 협상한 내용을 확인해 가면서 문서를 정리했다.

그렇게 정리된 2장의 문서에 주원용과 박종보가 각각 수결과 인장을 찍었다. 주원용이 간인을 하고서 문서를 넘기며 덕담을 했다.

"자! 관세 문제는 이렇게 잘 해결되었으니, 앞으로 교역을 잘하길 바라겠소."

"감사합니다, 대인. 그런데 이곳에 우리 상무사의 상관을 설치하고 싶은데, 가능하겠습니까?"

"물론이지요. 여기는 공행(公行)이 관리하고 있는데, 내가 가면서 사람을 보내겠소이다."

"그러면 그들과 거래를 하면 되겠습니까?"

"그렇게 하시오."

박종보는 홍삼 오십 근을 가져오게 했다.

"이번은 첫 거래이니만큼 판매 여부와 관계없이 가져온 물량에 비례해 선물을 드리겠습니다."

"오오! 그래도 되는 거요?"

"대인께서 통 크게 양보를 해 주셨으니, 당연히 우리도 그에 합당한 선물을 드려야지요."

"험! 험! 그러면 발화기도 같이 주었으면 좋겠소."

주원용의 뻔뻔함에 박종보가 웃으며 대응했다.

"그렇게 하겠습니다. 그러나 그건 물량도 많고 무겁습니다. 그러니 귀국 상인과 거래를 하면서 자연스럽게 넘겨드리겠습니다."

주원용이 크게 웃었다

"하하하! 그렇게 하시오. 박 대인의 이런 치밀함을 보니 앞으로의 상무사의 교역이 기대됩니다."

주원용이 처음으로 대인이란 말을 했다.

박종보가 두 손을 모아 쥐고서 사은했다.

"고마운 말씀입니다. 부디 그렇게 되도록 대인께서 도와주십시오."

"걱정 마시오. 좋은 선물을 받았으니 공행(公行) 중에서 상인을 특별히 선발해 보내겠소이다."

"대인만 믿겠습니다."

주원용이 슬쩍 도움을 주었다.

"만일 거래가 여의치 않으면 나에게 따로 기별해 주시오."

"아! 그래도 되겠습니까?"

"공행은 본래 양이들과의 교역을 독점하는 상인이오. 그러니 너무 욕심을 부린다는 생각이 들면 주저 없이 월해관을 찾아오시오. 그리고 상인을 보낼 때 내가 그 점을 주지시켜 놓겠소이다."

뇌물을 준 효과가 대번에 나왔다.

박종보는 몇 번이나 배려에 고마워했다. 그런 인사에 주원용은 호탕하게 웃으며 손을 내저었다.

개혁군주

주원용은 범선을 검사도 하지 않고 돌아갔다. 그런 그의 뒤로는 홍삼 상자를 든 해관 관리와 병사들이 따랐다.

❀

그리고 다음 날.

의외로 젊은 상인이 상무사 범선을 방문했다.

"처음 뵙겠습니다. 소인은 복건성 출신으로, 광동십삼행의 하나인 이화행(怡和行)의 오병감(伍秉鑒)이라고 하옵니다."

"어서 오시오. 나는 조선 왕실 상단인 상무사의 대표인 박종보요. 그런데 의외로 젊은 분이 오셨소이다."

"이화행의 주인은 소인의 아버지입니다. 월해관의 주 대인께서 조선의 상무사와의 거래는 소인이 맡는 게 좋다고 천거해 주셨습니다. 그래서 아버지께서 저를 보내신 것이옵니다."

"그렇군요. 그러면 그대가 소속된 이화행이 우리와의 거래를 총책임지는 거요?"

"그렇사옵니다."

박종보가 우려했다.

"우리가 가져온 물량이 많은데, 한 곳에서 전부 감당할 수 있겠소?"

"그 점은 걱정하지 마십시오. 저희 혼자로 부족하면 다른 공행의 지원을 받으면 됩니다."

"좋소이다. 그럼 거래를 시작합시다."

맨 처음 거래된 물건은 홍삼이었다. 오병감은 박종보가 건넨 홍삼의 가치를 대번에 알아봤다.

"최상품이 맞네요."

"당연하지요. 우리가 가져온 홍삼은 전부 우리 전매청의 품질 기준을 통과한 물건이오. 그리고 그보다 못한 물건은 여기 있는 일등품이오."

오병감이 홍삼을 찬찬히 훑었다.

"놀랍습니다. 이 물건도 최상품과 거의 차이가 없습니다. 그런 물건을 일등품으로 규정하셨을 정도로 귀사의 검수가 철저한가 보군요."

박종보가 장담했다.

"언제라도 전수조사를 해도 좋소이다."

"알겠습니다. 그러면 가격은 어떻게 책정하실 겁니까?"

"오 대인은 강남에서 홍삼이 얼마에 거래되는지 알고 있겠지요?"

오병감이 얼른 두 손을 모았다.

"대인이라는 말은 받들기 민망하옵니다. 저희 이화행의 행수들은 따로 호관(浩官)이란 호칭을 쓰니 쉽게 오 호관이라 불러 주십시오. 그리고 소인은 홍삼의 가격에 대해 잘 알고 있사옵니다."

"그러면 대화가 쉽겠군요. 우리는 적절한 가격에 홍삼을 넘겨주려고 합니다. 그러니 오 호관도 적당한 이문만 남기고 다른 상인에게 넘겨주었으면 합니다."

오병감이 고개를 갸웃했다.

"조선 홍삼이 비싸다는 걸 모르는 사람이 없습니다. 그런 홍삼을 구태여 싸게 넘길 필요가 있을까요?"

"가격이 내려가면 그만큼 물량이 더 많이 팔리지 않겠습니까?"

"그렇기는 합니다만, 홍삼은 워낙 값이 비싼 물건입니다. 그런 홍삼의 값을 조금 내렸다고 해서 효과를 거둘 수 있을 지는 솔직히 의문입니다."

"미국에서 들여온 삼의 가격은 얼마나 하지요?"

"대략 한 근에 천은 삼십 냥 정도에 거래됩니다."

박종보가 크게 고개를 끄덕였다.

"그렇군요. 우리는 앞으로 홍삼을, 최상품은 천은 백이십 냥, 그리고 상품은 백 냥에 넘겨줄 생각이오. 이 정도면 파격 적인 가격이지 않소?"

오병감이 깜짝 놀랐다.

"정녕 그 가격에 넘겨주실 수 있단 말씀입니까?"

"당연히 그렇소이다."

오병감이 주먹을 움켜쥐었다.

"그러면 가능합니다. 그 정도 가격이라면 아무리 많은 물 량이라도 소화가 가능합니다."

"허허허! 정말 물량이 아무리 많아도 소화가 가능하겠소?"

"물론입니다. 미국의 화기삼은 값이 싼 데에 비해 약효는 크게 떨어집니다. 그러나 값이 싸고 물량이 많아 광주의 인삼 시장을 화기삼이 주도하고 있는 상황입니다. 반면에 조선 이 삼은 너무 비싸고 물량도 적지요. 만일 대인께서 홍삼 가격을 방금 말씀하신 대로만 넘겨주신다면, 아무리 못해도 한 해 수십만 근은 처리할 수 있을 겁니다."

이번에는 박종보가 놀랐다.

"수십만 근이나 가능하다고요?"

"그렇습니다."

"믿을 수가 없네요. 아무리 청국에 사람이 많다고 해도 그렇지, 어떻게 그 많은 양을 처리한단 말입니까?"

오병감이 거듭 장담했다.

"조금도 걱정하지 마십시오. 우리 청국의 인구가 삼억을 훌쩍 넘었습니다. 그런 청국에서 강남은 돈과 사람이 가장 많이 몰려 있는 지역이어서 충분히 소비가 가능합니다."

"청국 인구가 삼억을 넘겼다고요?"

"그렇습니다."

"대륙에 사람이 많다는 건 알았지만 그 정도일 줄은 몰랐소이다."

박종보가 손짓을 했다. 그러자 대기하고 있던 상무사 직원이 상자 몇 개를 탁자에 올렸다.

"알겠습니다. 홍삼은 그렇게 하고 이 물건들은 전부 우리 상무사가 만든 신제품들이오. 상자를 열고서 내용물을 확인해 보시지요."

오병감이 상자를 열고 물건을 살폈다.

그는 성냥과 발화기, 그리고 치료용 소독제 등을 차례로 확인하면서 크게 놀랐다. 특히 성냥과 발화기를 본 그의 반응은 홍삼 때보다 더했다.

"이 물건 전부를 저희 공행과 거래하실 겁니까?"

"물론이오. 귀국과 교역을 하려고 가져온 물건이니 당연히 그렇게 해야지요."

오병감이 두 손을 모아 쥐고는 약속했다.

"감사합니다. 우리 이화행은 귀사와 거래하면서 절대 부당한 이문을 남기지 않겠습니다."

"그렇게만 해 준다면 우리도 거래처를 바꾸지 않을 거요. 그리고 우리를 소개해 준 월해관의 주 대인에게 따로 감사를 표시해야 할 거요."

"반드시 그렇게 하겠습니다."

"그런데 가져온 물량이 많은데, 전부 받아 주실 수 있겠소?"

이러면서 물량이 적힌 서류를 내밀었다. 그것을 확인한 오병감이 두말하지 않았다.

"물론입니다. 모두 매입하겠습니다."

"그리고 우리는 매달 이곳을 방문해 같은 수량의 물량을 넘기고 싶은데, 받아 줄 수 있겠소?"

"그 점은 조금도 걱정하지 마십시오. 조금 전에 말씀드린 대로, 우리 혼자서 부족하면 다른 공행들과 연합해서라도 전량 받아들이겠습니다."

"좋소. 그러면 물량부터 확인합시다."

이렇게 시작된 거래는 일사천리로 진행되었다. 오병감은 상무사의 물건을 종류별로 몇 개씩 견본으로 가져갔다.

다음 날에는 그의 부친인 오국영(伍國瑩)과 함께 왔다. 그리고 다시 물건을 확인하고는 그 자리에서 계약을 체결했다.

가져온 물건을 모두 넘긴 박종보는 이때부터 각국 상관을 방문했다. 그리고 가져온 물건을 소개했다.

서양 상인들은 크게 놀랐다. 그러면서 바로 거래를 트려 했으나 박종보가 고개를 저었다.

박종보는 네덜란드 동인도회사와 체결한 상무 협정을 설명했다. 그리고는 네덜란드 동인도회사가 담당하지 못하는 지역만 계약했다.

영국과 프랑스 상인들은 크게 실망했다. 이들은 어떻게 해서든 직접 교역을 하려 했으나, 박종보는 동행한 네덜란드 상인에게 거래를 넘겨주었다.

※

며칠이 지난 이른 아침.

오병감이 삼십여 대의 마차를 끌고 왔다. 마차에는 상자가 가득 실려 있었으며, 그 상자에는 전부 은화가 들어 있었다.

오병감은 가져온 은화부터 선적했다. 그러고는 하인들로 하여금 매입한 물건을 하역하게 했다.

박종보는 직원들과 은화를 확인했다.

그런데 워낙 많은 양의 은화여서 낱개로는 도저히 셀 수가 없었다. 어쩔 수 없이 백 냥 단위로 무게를 재야 했으며, 그럼에도 십여 명이 하루를 꼬박 매달려야 했다.

물건 하역은 사흘 동안 진행되었다.

워낙 물량도 많았고 고가여서 조심스럽게 물건을 다뤘기 때문이다. 이런 하역 작업을 보기 위해 거의 모든 외국 상인들이 구경을 나왔다.

서양 상인들도 홍삼에 대해 모르지 않았다. 그러나 워낙 고가이고 귀해서 취급하려 하지 않았다.

그런데 하역되는 홍삼을 보고는 조금씩 생각을 바꿔 나갔다. 하지만 구매로 이어질 정도는 아니었으나, 분명 변화는 일어나고 있었다.

물건 하역을 모두 마친 날.

이화행의 오국영이 아들인 오병감과 함께 범선을 찾아왔다. 박종보가 그런 부자를 환대했다.

"어서 오십시오. 오 대인의 결정 덕분에 무사히 거래를 마칠 수 있었습니다."

오국영이 두 손을 모아 쥐었다.

"별말씀을 다 하십니다. 우리 이화행이 귀사 덕분에 이번에 큰 수익을 남기게 되었습니다. 그래서 감사차 찾아뵙게 되었습니다."

"하하하! 잘 오셨습니다. 어서 들어가시지요."

박종보가 오 씨 부자를 집무실로 안내했다. 이어서 직원이 이번에 매입한 차를 가져왔다.

오국영이 찻잔의 뚜껑을 열고서는 후후 불면서 차를 마셨다. 박종보도 떠 있는 찻잎을 적당히 불면서 한 모금 마셨다.

"차 맛이 참으로 좋습니다."

오국영이 웃으며 두 손을 모았다.

"하하! 감사합니다. 이 차는 우리 이화행의 차밭에서 딴 잎을 잘 숙성시켜 만든 차입니다. 그래서 조선의 차와는 차 맛이 조금 다를 것입니다."

"그래서인지 처음에는 잘 몰랐는데, 마실수록 깊은 맛이 일품입니다."

"입에 맞으시다니 다행입니다."

세 사람은 잠시 차를 마시며 한담을 나눴다. 이러던 오국영이 찻잔을 놓고 정색을 했다.

"박 대인께 청이 하나 있습니다."

"무슨 청인지 말씀해 보시지요."

"다름 아니라 우리 아들이 귀국을 방문하고 싶어 합니다.

개혁군주

그래서 놀라운 물건을 만드셨다는 귀국의 세자님을 뵙고 싶어 하는데, 가능하겠습니까?"

박종보가 오병감을 돌아봤다. 시선이 마주친 오병감이 눈을 빛내며 손을 마주 잡았다.

"대인께서 허락해 주신다면 소인, 꼭 귀국의 세자님을 만나 뵙고 싶습니다. 부디 소인의 간청을 들어주십시오."

박종보가 고개를 갸웃했다.

"무엇 때문에 세자 저하를 뵈려 하는 거지요? 상인이라면 좋은 물건을 잘 거래하면 되지 않나요?"

오병감이 생각을 밝혔다.

"바로 그래서 귀국의 세자님을 뵙고 싶은 것입니다. 저는 상무사와의 거래를 언제까지라도 이어 나가고 싶습니다. 그러기 위해서 귀국의 세자님을 뵙고 소인의 진심을 보여 드리려고 하는 겁니다."

"으음!"

박종보가 답을 못했다.

쉽게 보면 간단한 일이다. 그러나 잘못 데리고 갔다가 차후의 거래에서 발목을 잡힐 수도 있었다.

오국영이 박종보의 심중을 헤아렸다.

"소인의 아들이 귀국 세자의 마음을 얻지 못한다고 해서 거래를 중단하지 않을 겁니다. 거꾸로 마음을 얻었다고 해서 절대 교만하지 않겠다는 점도 분명히 약속드리겠습니다."

오병감도 다짐했다.

"저는 천하의 귀물을 만드신 분을 뵙고 싶을 따름입니다. 그래서 그분께 제 진심을 전달하고 싶은 마음뿐입니다."

부자가 연이어서 간청했다.

"두 분이 이렇게 간청하니 받아들이지 않을 수 없네요. 허나 세자 저하께서 어떻게 나오실지는 장담할 수 없는 일임을 분명히 아셔야 합니다."

오병감이 자리에서 벌떡 일어났다. 그리고 두 손을 모으고서 공손히 몸을 숙였다.

"대인의 하해와 같은 배려에 감읍하옵니다. 추후 어떠한 일이 발생하더라도 절대 대인의 은혜를 저버리지 않을 것이옵니다."

오병감의 합류가 결정되었다.

거래를 마친 상무사는 이날 바로 귀환했다. 마포를 출발하고 이십여 일 만에 귀환한 것이다.

상무사 범선은 마포나루로 올라왔다. 그리고 곧바로 사람을 보내 귀환 사실을 세자에게 보고했다.

세자는 보고서를 갖고 편전을 찾았다.

"허허! 청국 광주로 내려갔던 상무사 상선이 벌써 귀환했단 말이더냐?"

"그러하옵니다. 다행히 청국과의 거래를 아무 탈 없이 마치고 무사 귀환했사옵니다."

개혁군주

국왕은 상무사가 얼마나 많은 물건을 가지고 갔는지 몰랐다. 그래서 시범 삼아 다녀온 것으로 생각하며 편하게 질문했다.

"그래, 수익은 있었느냐?"

세자가 공손히 서류를 바쳤다.

"아바마마께서 직접 확인해 보시옵소서."

"그래, 그러자. 어험!"

국왕이 헛기침을 하고 서류를 넘겼다.

그런 국왕은 첫 장에서부터 놀랐다. 국왕은 급히 서류를 살피고는 고개를 저었다.

"이게 정녕 이번 교역에서 얻은 수익이더냐?"

"순수한 수익은 아니고 전체 매출이옵니다."

"허허! 놀랍고 또 놀랍구나. 한 번의 교역으로 천은 이백삼십여만 냥이라니."

엄청난 액수에 편전에 크게 술렁였다. 영의정 홍낙성이 깜짝 놀라 질문했다.

"전하! 그게 무슨 말씀이옵니까? 한 번 거래에 천은이 이백삼십여만 냥이라니요?"

국왕이 보고서를 한 번 더 확인했다.

"이번에 청국 광주를 다녀온 상무사가 거래한 액수가 놀랍게도 천은 이백삼십사만 냥이라 하오."

편전이 더 크게 술렁였다.

홍낙성이 궁금해했다.

"참으로 놀랍사옵니다. 대체 어떤 물건을 가져다 팔았기에 그렇게 큰 금액을 벌어 온 것이옵니까?"

세자가 딱 잘랐다.

"송구하오나 거래는 상대가 있는 일입니다. 그래서 거래 품목과 물량을 말씀드릴 수는 없사옵니다."

홍낙성의 얼굴이 붉어졌다.

"험! 험! 그렇다 해도 여긴 편전인데……."

세자가 고개를 저었다.

"그래서 더 곤란하다는 말씀이옵니다. 편전에서의 대화는 실록에 기록이 됩니다. 그리되면 나중에라도 문제가 생길 수가 있사옵니다. 그러니 영상 대감께서 정히 알고 싶으시다면, 언제라도 개인 자격으로 상무사를 방문해 주십시오."

편전이 또 한 번 술렁였다.

처음에는 엄청난 금액에 놀랐다. 그런데 이번에는 세자의 분명한 공사 구분에 대신들이 감탄했다.

홍낙성도 이런 세자의 발언에 크게 웃었다.

"하하하! 알겠사옵니다. 신이 나중에 따로 찾아뵙겠습니다."

"예, 그리하세요. 그러면 오늘의 결례를 보답하는 뜻에서 작은 선물을 드리겠사옵니다."

홍낙성이 크게 기뻐했다.

"오! 그렇다면 필히 찾아뵈어야겠습니다."

개혁군주

국왕도 대신들도 세자의 이런 깔끔한 처신에 하나같이 흐뭇해했다.

호조판서 이시수가 나섰다.

"저하! 놀라운 실적을 올린 것을 축하드리옵니다. 허나 이자리는 편전이어서 상무사가 얼마의 실적을 올린 것이 중요한게 아니라, 얼마의 세금을 내는지가 중요하지 않겠사옵니까?"

세자도 동조했다.

"옳은 말씀이에요."

"허면 얼마의 세수를 납부하려 하시는지요?"

세자는 세수에 대해 생각해 둔 바가 있었다. 그래서 호조판서의 질문에 바로 대답할 수 있었다.

"홍삼은 농산물을 가공해야 합니다. 그래서 폐기되는 물량도 적잖이 나오지요. 이런 홍삼을 포함한 모든 물건의 세금을 일률적으로 일 할을 납부할 생각입니다."

호조판서 이시수가 크게 놀랐다.

"그렇게나 많이 납부하려고 하십니까?"

세자가 편전을 죽 둘러봤다. 그러던 세자가 호조판서에서시선이 멈추었다.

"청나라는 대국입니다. 그런 청나라의 연간 세수가 얼마인지 아시는지요?"

이시수가 순간 우물쭈물했다.

"잘은 모르지만 수천만 냥은 될 거라고 생각하옵니다."

"대략 팔천만 냥이라고 합니다. 천은으로 따지면 천은 이천만 냥이지요."

큰 금액에 편전이 술렁였다.

"그런데 그런 세수의 사 할을 외국과의 교역에서 거둬들인다는 사실을 아십니까?"

편전의 대신들이 크게 놀랐다.

세자는 그런 대신들이 진정할 때까지 잠시 기다렸다.

"놀라시는 것을 보니 모르셨나 보네요."

이시수가 고개를 숙였다.

"솔직히 그 정도로 많을 줄 몰랐습니다."

"그러실 거예요. 청국은 그렇게 거둬들이는 세수를 대부분 황실에서 사용하지요. 그래서 일부러 소문이 나지 않도록 단속하고 있는 겁니다."

이시수가 이의를 제기했다.

"외국과의 교역에서 얻는 세수를 어떻게 황실에서만 사용할 수 있는 겁니까?"

"외국과의 교역에서 발생하는 관세를 관리하는 부서가 해관(海關)입니다. 그런 해관을 관리하는 부서가 내무부이고, 이 내무부가 청국 황실 직할 기관이지요."

"그렇군요. 그래서 해관이 거둬들이는 세금을 황실이 전용할 수 있는 거로군요."

영의정 홍낙성도 거들었다.

개혁군주

"청국 황실이 그렇게 호화스러운 것이 다 그런 이유가 있었군요."

"예, 청국 황실은 그런 식으로 백성들에게 부담을 주지 않고 있지요. 그런데 우리는 다릅니다. 우리는 왕실 상단이 대외 교역으로 외화를 벌어들일 겁니다. 그렇게 해서 벌어들인 수익 일부를 세수로 납부할 것이고요."

홍낙성이 정리했다.

"청국과는 정반대가 되었군요. 우리 왕실은 청국 황실과 달리 조정에 도움을 주게 되었사옵니다."

"그렇습니다. 왕실의 상무사가 막대한 세금을 납부하며 조정에 도움을 주게 되었어요. 이번 교역으로 납부하게 될 세액은 대략 천은 이십삼만사천 냥입니다."

조금 전에 매출을 들은 대신들이었다. 그럼에도 워낙 많은 액수에 다시 술렁였다.

홍낙성이 놀라서 말까지 더듬었다.

"처, 천은 이십삼만사천 냥이면 상평통보로 무려 구십사만육천 냥이나 된다는 말씀이옵니까?"

"그렇습니다. 그게 끝이 아닙니다. 우리 상무사는 앞으로 매달 청국 광주를 왕복할 것입니다. 그러면서 매달 비슷한 물량을 교역할 계획입니다."

대신들은 놀라 두 눈을 크게 뜨고 입을 딱 벌렸다. 그 바람에 편전은 거꾸로 조용해졌다.

세자의 목소리가 그런 편전에 울렸다.

"안 되는 달도 있고 하니, 1년에 대략 열 번 정도 교역을 하겠지요. 그러면 대략 일천만 냥 정도의 세금을 조정에 납부하게 되겠지요."

"……."

세자가 수치까지 밝히자 편전의 대신들은 한동안 입을 열지 못했다. 그만큼 경악했으며, 세자가 왜 대외 교역을 그토록 추진하려 했는지를 비로소 알게 되었다.

이런 침묵을 국왕이 깼다.

"과인은 세자의 말을 듣고도 믿기지 않는구나. 정녕 네 말대로 될 수 있는 게냐?"

"그러하옵니다."

"혹시 잘못될 수도 있지 않겠느냐?"

"돌발 변수는 여러 가지가 있습니다. 우선은 청국에서 발생한 백련교도의 난이 문제가 될 수가 있고요. 그리고 해적들의 발호도 걱정이 되고요."

해적이란 말에 국왕이 깜짝 놀랐다.

"지금도 해적이 있단 말이냐?"

"당연히 해적은 이전에도 있었고, 지금도 있사옵니다. 우리 상무사 범선에 막대한 양의 재화가 실려 있다는 게 소문나면, 그걸 노리는 해적은 분명 생겨나게 되어 있습니다."

홍낙성이 펄쩍 뛰었다.

개혁군주

"그리되면 큰일이 아니옵니까? 어떻게, 거기에 대한 방책은 세워 두고 계신 것이옵니까?"

세자의 대답이 거침없었다.

"그래서 처음부터 선원을 수군에서 선발한 것입니다. 만일에 대비해 네덜란드와 협정을 맺은 것이고요. 범선도 분기별로 세 척씩 구매해서, 3년 내 수십여 척을 운용할 것입니다."

"그렇게 많은 선박을 운용할 필요가 있사옵니까?"

"앞으로 상무사는 월남은 물론 남방 각국과도 교역을 늘려가려고 합니다. 그렇게 해서 항로가 개척되면 정기적으로 우리 선박을 운용할 것이고요. 그렇게 해야 거래도 안정적으로 할 수 있고, 수시로 병선을 운용해 해상 안전에도 신경 쓸 것입니다."

참으로 원대한 계획이었다.

이전이었다면 이린 세자의 계획이 탁상공론이라고 외면하였을 것이다. 그러나 한 번 거래에 막대한 수익을 확인한 대신들은 누구도 이의를 제기하지 못했다.

우의정 윤시동조차도 반대하지 않았다. 반대는커녕 오히려 경비 문제를 걱정하고 나왔다.

"놀라운 계획이로군요. 그렇게 많은 범선을 운용하게 되면 그 경비만도 막대하게 들어가지 않겠습니까?"

세자가 미소를 지었다.

"우상 대감의 말씀도 충분히 일리가 있습니다. 그러나 시선을 잠깐 달리 생각해 보시지요."

"어떻게 말입니까?"

"상선들은 전부 수군 출신들이 운용합니다. 그런 상선은 유사시에 전부 병선으로 동원할 수 있지요."

"아! 맞습니다."

"본국은 수군이 육칠만이 됩니다. 그러나 실제 운용 가능한 수군은 얼마 되지 않지요. 그조차도 조운에 동원된 것이 태반이고요. 이런 현실에서 원양항해 능력을 갖춘 상무사 선원들은 최강의 전력이 될 것입니다."

윤시동도 세자의 계획을 알아챘다.

"저하께서는 처음부터 수군을 양성할 계획을 갖고 계셨군요."

"그렇습니다. 부국강병을 달성하기 위해서는 강력한 수군이 반드시 필요합니다. 그래서 수군 출신을 선원으로 선발해 일석이조를 도모한 것입니다."

훈련도감 대장 서유대가 나섰다.

"저하! 상무사가 수익을 얻으면 그걸로 장용영을 대대적으로 육성한다고 하셨습니다. 전하께서는 훈국도 친위 병력이니 함께 육성하겠다고 하셨고요. 그런데 세금을 많이 납부하면 병력 양성은 어떻게 할 수 있사옵니까?"

"그 부분은 걱정하지 않아도 됩니다. 상무사가 설립된 취지는 부국강병을 위해섭니다. 그래서 세수만큼 되지는 않지만, 대략 천은 이십여만 냥의 예산을 정병 양성에 배정할 겁

개혁군주

니다."

서유대가 크게 놀랐다.

"그 자금을 전부 투입해 얼마나 많은 병력을 양성하려고 하시는 겁니까?"

세자가 에둘렀다. 본래는 더 많은 병력을 양성할 계획이지만, 겉으로는 율곡을 거론했다.

"저는 율곡 선생의 뜻을 받들려고 합니다. 그분은 외세의 침략에서 벗어나기 위해서는 적어도 십만 병력을 양성해야 한다고 했습니다. 제 생각도 그렇고요. 만일 우리가 십만 정병을 보유하고 있었다면 왜란도 호란도 쉽게 이겨 낼 수 있었을 겁니다."

모두의 안색이 무거워졌다.

"지금까지는 하고 싶어도 못 했습니다. 예산이 없어서 그랬지요. 그러나 이제는 가능합니다. 백성들의 고혈을 짜내지 않아도, 대외 교역만으로도 정병 양성이 가능하게 되었습니다."

서유대가 다시 나섰다.

"황감한 말씀이옵니다. 그런데 모든 수익을 세금과 정병 양성에 쏟아부으면 상무사를 유지하는 데 문제가 생기지 않겠사옵니까?"

세자가 단언했다.

"그 점은 걱정하지 않아도 됩니다. 가격을 책정할 때부터 이런 비용을 다 산정했습니다. 그래서 세금을 납부하고 정병을 양성하는 예산을 책정하고도, 왕실 전용으로 매월 천은 오만 냥씩을 내탕고에 입고할 수 있습니다."

이번에는 국왕이 펄쩍 뛰었다.

"무슨 말을 하는 게냐. 네가 고생해서 벌어 온 수익을 내 탕고로 넣다니. 도움을 주어도 모자랄 판에 그렇게 받을 수는 없다."

세자가 공손한 자세로 요청했다.

"아바마마, 그 자금으로 하고 싶은 일이 있사옵니다."

"무슨 일이기에 매달 천은 오만 냥이 필요하다는 게냐?"

세자가 계획을 밝혔다.

"백성들이 져야 하는 부담 중 방납과 진상에 대한 폐해가 상당합니다. 지방 수령과 아전들은 진상한다는 명목으로 수탈하는 경우가 많습니다. 그렇게 거둬들인 특산품이 인사를 빙자한 뇌물이 되는 경우가 많고요."

"험! 험!"

곳곳에서 불편한 헛기침이 터져 나왔다.

"소자는 다른 것은 천천히 하더라도 이번 기회에 방납과 진상에 대한 폐해만큼은 근절시켰으면 하옵니다."

"좋은 방안이 있는 게냐?"

"천은 오만 냥으로 왕실에서 필요한 물품을 전부 매입했으면 하옵니다."

국왕이 크게 놀랐다.

"왕실에 필요한 품목을 모두 매입한다고?"

"예, 그리고 조정 관리들에게 하사되는 품목만큼 은전으로 지급해 직접 구매하게 하시옵소서. 그렇게 되면 방납과 진상을 핑계한 수탈이 근절될 것이옵니다."

대신들이 크게 술렁였다.

국왕이 확인했다.

"그래서 매달 천은 오만 냥을 왕실에 입고하겠다는 게냐?"

"그러하옵니다."

놀랍게도 국왕이 반대하지 않았다. 그 대신 침음하며 걱정을 했다.

"으음! 왕실에 진상되는 물품이 하나둘이 아니다. 그 모든 물목을 구매한다면 이십만 냥으로 가능할지 모르겠구나."

세자가 주저 없이 대답했다.

"사용원과 해당 아문을 시켜 실질적인 비용을 먼저 산출해 보시옵소서. 그래서 비용이 부족하다면 상무사가 추가 부담을 하겠사옵니다."

국왕이 대신들을 둘러봤다.

"경들의 생각은 어떻소?"

누구도 선뜻 나서지 못했다.

조선의 대신들은 지방 수령들로부터 다양한 특산품을 인사라는 명목으로 받아 왔었다. 그런 품목이 의외로 많았으며, 그런 특산품을 뇌물로 여겼던 사람은 하나도 없었다.

아니, 잘못이란 걸 모르지는 않았다. 그러나 인사치레라 애써 자위하며 고개 돌려 외면해 왔다.

그런데 그 부분을 세자가 매섭게 지적하고 나왔다. 지금까지 잘못된 부분을 근절하는 대신 일정 금액을 지급해 주겠다고 한다.

돈을 주겠으니 사서 쓰라는 말이었다.

대부분의 대신은 얼굴을 붉힌 채 반박을 하지 못했다.

이들이 수령이었던 시절 당연하게 여기며 그래 왔다. 그리고 중신이 되면서 그런 특산품을 당연하게 받아 왔기 때문이다.

국왕도 이 점을 너무 잘 알고 있었다. 그러나 지금까지는 알고도 달리 손을 쓸 방도가 없었다.

그런데 세자가 단칼에 자르려고 나섰다. 그것도 세금과 왕실 내탕금을 먼저 내놓고서 시작했다.

국왕은 내심 통쾌했다. 그러나 아직은 드러낼 때가 아니어서 세자에게 시선을 돌렸다.

국왕과 눈이 마주친 세자가 나섰다.

"방납과 진상을 이번에 완전히 철폐해야 합니다. 필요한 물목은 매입하면 됩니다. 조정의 모든 관리도 고을 수령들이 보내는 인사치레를 철저하게 배격해야 하고요. 그렇게 되면 놀라운 일이 벌어질 것이옵니다."

"놀라운 일이 벌어진다고?"

"특산품을 잘 만드는 백성들은 그것만으로도 먹고살 수 있

개혁군주

게 될 것입니다. 그리고 물건이 잘 팔리면 사람을 써서 더 많이 만들려고 할 것이고요. 그렇게 되면 가내수공업이 자연스럽게 발달하게 되옵니다. 왕실과 조정이 물품을 구매하면 물건의 품질이 훨씬 좋아지게 됩니다. 그러면 좋은 물건이 값싸게 공급되면서 백성들의 삶의 질이 올라갑니다. 특히."

모두의 시선이 세자로 쏠렸다. 그런 중압감을 세자는 즐기듯 넘겨받으며 또박또박 말했다.

"진상과 방납을 핑계로 백성들을 등쳐 먹던 탐관오리들을 모조리 찍어 낼 수 있습니다. 그리되면 나라를 좀먹는 부정부패는 현격하게 줄어들게 될 것입니다."

"……."

대신들은 산전수전 다 겪은 사람들이다. 그래서 세자가 말을 다 듣지 않아도 어떤 결말이 날지 모르는 사람이 없었다.

그럼에도 대부분은 고개를 숙이거나 눈을 감고서 말을 못했다. 그런 사람들의 속마음에 떠오르는 생각은 딱 하나, 바로 부끄러움이었다.

한동안 무거운 침묵이 편전에 내려앉았다. 그런 침묵을 영의정 홍낙성의 한숨이 깨트렸다.

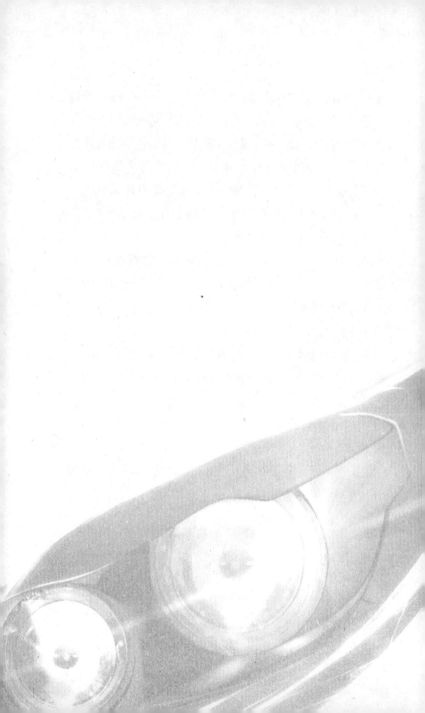

교역으로 민심을 얻다

"후우! 참으로 부끄럽습니다. 저하의 말씀을 들으면서 유구무언(有口無言)이 무슨 의미인지 절로 느껴집니다."

곳곳에서 한숨이 터졌다.

"허나 신은 조정을 대표하는 영의정이니, 가만히 듣고 있을 수만은 없음을 이해해 주셨으면 하옵니다."

세자가 사죄했다.

"아닙니다. 제가 너무 갑자기 말씀을 드려 많이들 놀라셨을 겁니다. 송구합니다."

홍낙성이 급히 손을 내저었다.

"이러시면 아니 되옵니다. 그러면 신들은 저하를 뵙기가 더 부끄러워집니다."

국왕이 중재했다.

"영상의 말이 옳다. 지금까지 관례라는 이름으로 행해 왔던 일이다. 과인도 그런 사실을 알면서도 모른 척해 왔다. 세자는 왜 이런 일이 일어났는지 너무 잘 알고 있겠지?"

"나라의 국고가 비어서 그랬사옵니다."

"그렇다. 호조 창고가 텅텅 빈 지 수십여 년이다. 아비가 그동안 노력해 지방 곳간은 그나마 채웠지만, 호조는 아직 요원한 실정이다."

"세수가 부족하게 된 데에는 여러 원인이 있을 것이옵니다. 가장 큰 문제는 불합리한 재무 구조입니다. 그러나 그 문제를 여기서는 거론하지 않겠습니다. 그 대신 이번 상무사의 활동으로 쉬운 문제부터 정리했으면 하옵니다."

"백성들을 어렵게 하는 방납과 진상을 없애자는 말이구나."

"예, 그렇게 하나씩 정리해 나가다 보면 끝내는 부조리가 전부 정리될 것이옵니다."

국왕이 너털웃음을 터트렸다.

"허허허! 대외 교역이 이렇게 큰 효과를 가져올 줄 몰랐다. 단 한 번의 교역으로 나라의 큰 화근 하나를 제거하게 되었어."

세자의 얼굴이 환해졌다.

"하오시면 소자의 청을 들어주신다는 말씀이옵니까?"

국왕이 결정했다.

개혁군주

"일곱 살의 어린 세자가 이렇게까지 만들어 왔는데, 어떻게 들어주지 않을 수 있겠느냐. 그것도 백성들의 고단함을 덜어 주고 부정부패를 척결하겠다고 나섰는데, 아비가 못한 일을 네가 했는데 어찌 가납하지 않을 수 있겠느냐?"

세자가 배꼽 인사를 했다.

"황감하옵니다. 백성들이 이 사실을 알면 춤을 추며 기뻐할 것이옵니다."

조정 대신들 누구도 반대하지 못했다.

담당자인 호조판서만 나섰다.

"전하! 그러시면 조정 관리들에게는 어떤 식으로 은전을 지급하면 되겠사옵니까?"

국왕이 세자를 바라봤다.

"세자가 생각해 둔 방안이 있느냐?"

세자가 뼈를 때리는 빌인을 했다.

"조정의 녹봉은 비현실적입니다. 녹봉만으로는 생활이 어려울 정도로요. 소자는 그래서 이번에 납부한 세금으로, 녹봉과는 별도로 일정 금액을 지급했으면 하옵니다. 관리들이 최소한의 체면을 지킬 수 있게요."

호조판서 이시수가 말을 못 했다. 그만큼 세자의 제안이 절묘했기 때문이다.

"아아! 저하!"

조선의 관리들은 녹봉에 연연하지 않는다.

이렇게 된 데에는 유교적인 영향이 컸다. 그러나 더 큰 원인은 녹봉이 워낙 적었기 때문이다.

개국 초기에는 녹봉은 적지만 그래도 먹고살 수는 있었다. 그러나 몇 번의 변란과 부정부패가 만연해지면서, 이제는 녹봉이 유명무실해져 버렸다.

모든 사람이 녹봉에 문제가 있다는 걸 모르지 않는다. 그러나 체면과 세수 부족을 알고 있었기에 녹봉을 현실화하자는 말을 못 하고 있었다.

아니, 할 수도 없었다.

그런데 세자가 대놓고 지적하고 나왔다.

국왕이 큰 관심을 보였다.

"좋은 말이다. 세자는 이번 일을 기화로 녹봉을 현실화하자는 거냐?"

"당장은 어렵더라도 단계적으로 추진했으면 하옵니다. 그래야 관리들이 부정부패에 보다 초연해질 수 있을 터이니까요."

"공납과 진상을 보전하는 정도에서 그치지 말자는 거로구나."

"그러하옵니다. 상무사가 납부하는 세수가 쌓이면 반드시 녹봉을 현실화해야 하옵니다."

국왕도 여기에 동조했다.

"좋은 생각이다. 세수가 부족했을 때는 어쩔 수 없었지만, 이제는 세자 덕분에 그 일을 논의할 때도 되었구나. 그러면 이번 일에 하후상박의 원칙을 적용해야 하느냐?"

개혁군주

세자가 고개를 저었다.

"아니옵니다. 이번만큼은 직위가 높을수록 더 많은 배려를 해야 하옵니다."

국왕이 놀라워했다.

"왜 그래야 하느냐? 아무리 유명무실해도 직위가 높으면 그래도 적잖은 녹봉을 받는다."

세자가 문제를 지적했다.

"자리가 높아지면 돌볼 사람이 많아집니다. 가솔도 많고 따르는 사람들도 자연히 많아지게 되고요. 그리고 나라를 위해 오래 봉직한 중신들에 대한 예우도 필요하옵니다."

중신들의 표정이 흐뭇해졌다. 자신들을 인정하는 세자의 발언이 고마웠기 때문이다.

국왕이 너털웃음을 터트렸다.

"허허허! 우리 세자가 어른을 공경할 줄 아는구나. 알았다. 그런데 이런 말을 할 정도면 생각해 둔 바가 있단 말이구나?"

세자가 몸을 숙였다.

"조금은 생각해 둔 바가 있사옵니다."

"호오! 그래? 그러면 그거라도 말해 봐라."

"현직 당상관들에게는 백 냥 정도를 지급해 주었으면 합니다."

모두의 눈이 더없이 커졌다.

국왕도 놀라 잠시 말을 못 할 정도였다.

"당상관이 모두 얼마나 되는지 아느냐?"

"백여 명 정도로 아옵니다."

"그 모두에게 전부 그리 주라는 말이냐?"

"아니옵니다."

"직위가 높으면 더 드려야지요."

"뭐라고? 더 주라고?"

"그렇사옵니다."

국왕은 잠시 말을 못 했다. 그러던 국왕이 냉정하게 세자를 바라봤다.

"백 냥의 가치를 모르고 이런 말을 하지는 않겠지?"

"백 냥은 백미 스물다섯 석의 값이니, 절대 적은 금액이 아니란 걸 소자는 잘 아옵니다."

"그걸 알면서도 그런 말을 한 게냐?"

세자도 정색했다.

"하급 관리나 아전이 잘못하면 고을이 문제가 생깁니다. 허나 당상관 이상의 고관이 잘못하면 나라가 문제가 생길 정도로 막대한 피해를 보게 되옵니다. 소자는 그래서 고관들을 제대로 대우해 주려고 하옵니다. 그 대신 잘못에 대해서는 철저하게 그 책임을 묻고 싶사옵니다."

"신상필벌을 분명히 하자?"

"당상관이라면 아바마마의 인정을 받은 분들입니다. 소자는 그런 분들이 앞으로 부국강병을 위해서 전력을 다해 주실 것을 기대하고 있사옵니다. 그러기 위해서는 제대로 된 예우

개혁군주

를 해 드려야 한다고 생각했사옵니다."

국왕의 표정이 묘해졌다.

"네가 무슨 생각을 하는지 이해는 된다. 그렇다고 해도 최하 백 냥은 너무 커. 이대로라면 《경국대전》 요록(料祿)에 명시된 녹봉보다 많겠다."

이 말에 중신들도 동의했다.

그러나 세자의 생각은 달랐다.

"아바마마! 공납과 진상이 없어지면 탐관오리들의 부정부패도 그만큼 줄어들게 되옵니다. 백성들의 살림은 그만큼 풍족해지고요. 그렇게 백성들이 삶이 조금씩 나아지면 결국은 나라를 부강하게 만듭니다. 그런 백성들을 이끌어 가는 중신들은 그만한 대우를 받아야 합니다. 저는 이번 조치로 없어지게 될 부정부패의 실질 가치를 생각하면 너무도 당연한 투자라고 생각하옵니다."

"당연한 투자라고?"

"예, 나라에서 사람에게 투자하는 것보다 좋은 일이 어디 있겠사옵니다. 더구나 우리 조선을 이끌어 가고 있는 중신들인데요."

세자의 발상에 국왕이 잠깐 멈칫했다. 그러던 국왕이 크게 웃었다.

"하하하! 너의 말이 맞는구나. 다른 사람도 아닌 중신들에게 하는 투자라면 무조건 좋은 일이지."

국왕의 호탕한 웃음이 편전을 채웠다.

중신들은 자신들의 위상을 세워 주려는 세자의 발언이 흐뭇했다. 그러면서도 너무도 능수능란한 세자의 발언과 행동에 많이 놀랐다.

국왕이 웃음을 멈추고 지적했다.

"오늘 거론된 일을 중단 없이 추진하려면 상무사가 앞으로 해야 할 일이 많겠구나."

"성려하지 않도록 최선을 다하겠사옵니다."

호조판서 이시수가 문제를 제기했다.

"저하께서 신 등을 헤아려 주신 점은 감읍하옵니다. 그런데 지난해 작황이 별로 좋지 않아 양곡 수급이 원활하지 않사옵니다. 이런 상황에 갑자기 많은 은화가 풀리면 자칫 물가가 폭등할 우려가 있사옵니다."

"그 부분에 대해서 생각해 둔 바가 있어요."

"좋은 방안이라도 있사옵니까?"

"청국에서 미곡을 대량으로 구매하려고 합니다. 그리고 남방에서도요. 우선은 조정 관리들과 병영에서 필요한 양곡부터 들여오려 합니다. 호조에서는 전국에 인력을 풀어 양곡 수급 물량 실태를 조사해 주세요. 그래서 부족한 양은 추가로 들여오겠습니다."

이시수가 호탕하게 웃었다.

"허허허! 저하께서 신의 근심을 단번에 풀어 주셨사옵니

다. 알겠습니다. 양곡 문제는 전하의 윤허를 얻어서 즉각 시
행토록 하겠사옵니다."

국왕이 웃으며 나섰다.

"허허! 다시 윤허를 받을 게 무에 있소. 당장 전국으로 파
발을 풀어 실태를 조사하라 이르시오."

"예, 전하. 즉각 시행하겠사옵니다."

이시수가 인사를 하고는 서둘러 나갔다. 그런 그의 발걸음
은 그 어느 때보다 가벼웠다.

국왕이 흐뭇한 시선으로 세자를 바라봤다.

"세자가 조정의 어려움을 이런 식으로 풀어 주는구나. 과
인도 그렇지만 조정 중신들도 오늘을 잊지 못할 게다."

이조판서 이병정(李秉鼎)도 거들었다.

"조정의 대소 신료들뿐 아니라, 온 백성이 세자 저하의 배
려를 두고두고 칭송할 것이옵니다. 그리고 신도 그렇지만,
여기 계신 여러 중신도 지방에서 올라오는 물목을 늘 뜨거운
감자처럼 생각하고 있었사옵니다. 그런데 저하께서 이를 단
칼에 잘라 주셔서 너무도 감읍하옵니다."

채제공도 거들었다.

"옳은 말씀입니다. 더러는 아쉬워하는 자들도 있겠지만,
대부분의 중신은 오늘을 결코 잊지 않을 것이옵니다."

세자가 한발 물러섰다.

"이 모두가 아바마마께서 상무사를 윤허해 주신 덕분이옵

니다. 저는 앞으로 더 열심히 대외 교역을 추진할 터이니, 여러 중신께서는 아바마마께서 고단하지 않도록 잘 보필해 주세요."

"허허허! 여부가 있겠사옵니다."

"맞습니다. 저하께서 이렇게 신들을 생각해 주시는데, 당연히 분골쇄신해야지요."

대신들 몇 사람이 덕담을 했다. 국왕은 그런 모습을 흐뭇하게 바라보며 몇 번이고 고개를 끄덕였다.

세자는 대신들을 둘러봤다.

'그렇게 좋아들 하세요. 내가 준 돈이 얼마나 무서운 것인지는 시간이 지나면 알게 될 겁니다.'

세자는 부정부패를 척결하고 싶었다. 그러기 위해서는 관리들의 녹봉을 제대로 지급해야 한다.

그러나 조선의 현실로는 불가능한 실정이었다. 그래서 처음부터 이런 조치를 취한 것이다.

세자의 시선이 서늘해졌다.

'돈은 귀신도 부린다고 했다. 내가 저들에게 더 많은 금액을 지급한 효과는 시간이 지나면서 서서히 나타나게 될 거다.'

이런 세자의 내심을 누구도 몰랐다. 그 바람에 편전의 분위기는 그 어느 때보다 좋았다.

편전의 결정은 급속히 퍼졌다.

방납과 진상이 폐지된다는 소식에 백성들은 환호했다. 이뿐이 아니다. 방납과 진상을 핑계로 수탈하는 탐관오리들에게 무조건 철퇴를 가한다는 방침에 더 환호했다.

백성들은 대외 교역이 자신들과는 별 상관이 없는 줄 알았다. 그런데 시작하자마자 삶을 짓누르던 화근덩어리 하나가 제거되게 생겼다.

상무사가 설립되고 강화도가 왕실 직할령이 되었어도 별 변화가 없었다. 그러나 직접 변화를 체감하게 되면서 백성들의 눈빛도 한층 더 달라졌다.

❁

편전의 결정이 있고 난 다음 날.

서유대가 이백여 명의 훈국 병력과 이십여 대의 마차를 이끌고 마포나루로 왔다. 상무사가 납부하기로 한 은화를 이송하기 위해서였다.

수송을 서유대가 할 필요는 없었다.

그러나 그는 은화 수송을 자청했다. 미리 연락을 받은 박종보가 마포나루까지 나와 있었다.

"어서 오십시오. 서 대장께서 직접 오신다기에 많이 놀랐습니다."

"허허허! 뜻깊은 일이어서 내가 직접 왔다네. 어떻게 준비는 잘되었나?"

"예, 정해진 액수를 판옥선에 옮겨 포구에 정박시켜 놨습
니다."

서유대가 판옥선을 보고는 흐뭇해했다.

"그 많은 액수를 옮기려면 고생이 많았겠네."

"물에서 하역하느라 조금은 어려웠으나, 다행히 별문제
없이 일을 마쳤습니다."

박종보가 서류를 넘겼다.

"총액은 천은 이십팔만사천 냥입니다. 호조로 보낼 천은
이십삼만사천 냥과 내탕고로 보낼 천은 오만 냥은 따로 상자
에 표시해 두었습니다."

"고맙네."

박종보가 서류 하나를 더 건넸다.

"이건 훈국 병력을 위해 세자 저하께서 따로 책정하신 금
액입니다."

서유대가 서류를 펴다 놀랐다.

"천은 일만 냥을 훈국에 배정했단 말인가?"

"훈국은 삼수미로 운영되지만, 무기 교체나 군복 등을 새
로 구매하려면 필요할 거라 하셨습니다. 앞으로 매달 같은
금액을 배정할 터이니, 유용하게 사용하시라 하였사옵니다."

서유대가 진심을 감복했다.

"아아! 세자 저하께서 이런 배려를 해 주시다니. 내려 주

개혁군주

신 천은으로 훈국 병력을 반드시 강군으로 양성하겠다고 전해 주시게."

훈련도감의 예산은 상당하다.

특별히 편성된 삼수미로 8,000여 명의 병력과 천여 필의 군마를 운용한다. 이런 훈련도감은 용산으로 병영을 옮겨 훈련하면서 과감히 정리해 군비가 넉넉했다.

그럼에도 서유대가 기뻐한 까닭은 세자의 배려가 친위군으로 인정했다는 의미였기 때문이다.

박종보도 이런 사정을 알고 있었다. 그래서 대답하는 그의 목소리가 컸다.

"그렇게 전해 드리겠사옵니다."

서유대가 훈국 병력을 보고 소리쳤다.

"세자 저하께서 훈국을 위해 막대한 은전을 하사하셨다. 그러니 열과 성을 다해 물건을 이송하라."

훈국 병력도 서유대가 한 말의 의미를 모르지 않았다. 그래서 대답도 그 어느 때보다 컸다.

"예! 알겠습니다."

서유대는 훈련도감 대장을 몇 번 역임했다. 그런 그는 지금까지 철저한 조직 관리를 하지 않았다.

그런 그가 달라진 건 용산 병영이 완성되고부터다. 용산 병영과 함께 다시 부임한 그는 훈련도감을 친위군으로 면모를 일신시키려 했다.

그래서 새로운 훈련 교범을 도입했다. 그러면서 조정 중신과 끈이 닿아 있는 무관들을 정리해 나갔다.

다행히 병사들은 새롭게 조련할 수 있었다. 무관들은 아직 전부 정리되지는 않았으나, 이전에 비하면 천양지차로 변해 있었다.

열심히 일하는 병사들을 바라보던 서유대가 궁금해했다.

"남은 금액이 많을 터인데, 강화에 보관하나?"

"아닙니다. 저기 보이는 여의도에 보관할 것이옵니다."

"여의도에?"

"예, 교역을 하기 전에 여의도의 산을 뚫어 대형 금고를 만들어 놓았습니다. 앞으로 대외 교역을 통해 들어오는 재화나 물품은 전부 여의도에 보관할 예정입니다."

서유대가 여의도 쪽을 바라봤다. 범선에 가려 잘 보이지 않았지만 몇 개의 건물이 시야에 들어왔다.

"허허! 지린 준비를 미리 해 두었구나."

"예, 대외 교역에는 막대한 재화가 통용됩니다. 그런 재화를 보관하기 위해서는 사람의 출입이 제한된 여의도가 제격이라고 세자 저하께서 지정하셨습니다."

"맞는 말이야. 여의도는 왕실 전용 목장이 있어서 백성들이 출입할 수 없지. 그나저나 엄청난 금액을 보관해야 하는데, 경비는 문제가 없겠어? 앞으로 제방도 축조한다고 들었는데."

개혁군주

박종보가 손으로 여의도를 짚었다.

"제방을 쌓을 곳은 저 앞쪽입니다. 그리고 금고와 창고를 보호하기 위해 장용영 병력이 주둔할 예정이어서 경비는 걱정하지 않으셔도 됩니다."

서유대가 크게 고개를 끄덕였다.

"장용영이 주둔하면 문제가 없기는 하지."

잠시 더 박종보와 교역에 관한 대화를 나누던 서유대가 돌아갔다. 그를 배웅한 박종보는 판옥선을 타고 범선으로 넘어갔다.

박종보가 오병감을 위로했다.

"기다리느라 지루하였지요?"

오병감이 펄쩍 뛰었다.

"아닙니다. 조선의 사정을 구경하느라 시간이 어떻게 가는지도 모를 지경입니다."

"일이 대강 끝나 가니, 내일 나와 함께 세자 저하를 뵈러 입궐합시다."

"감사합니다. 그런데 상무사가 대외 교역이 처음인데도 일을 참 잘하시네요. 본래 거래할 때보다 뒤처리가 중요한데, 가져온 자금을 거침없이 분배하시네요."

"세자 저하께서 사전에 만들어 놓은 규정이 있습니다. 그 규정에 따라 일사불란하게 처리하고 있지요."

오병감이 고개를 저었다.

"놀랍습니다. 이런 일 처리까지 규정을 다 만드시다니요. 귀국의 세자께서는 도대체 모르시는 게 없는 분 같습니다."

"하하하! 바로 옆에서 모시는 저도 매번 놀라고 있는 형편이지요."

오병감이 여의도를 둘러보며 감탄했다.

"참으로 탐나는 섬입니다. 한양과 붙어 있는 한강에 저런 섬이 있다니요. 입지 조건으로는 최상 중의 최상입니다."

박종보도 동조했다.

"맞는 말씀입니다. 세자 저하께서 처음 여의도를 개발한다고 했을 때 다들 의아해했습니다. 비만 오면 절반 이상이 물에 잠기는 섬을 무엇 하러 개발하느냐고 우려했지요. 그러다 일부를 개발해 놓고 보니, 비로소 입지 조건으로는 저만한 곳이 없다는 사실을 알겠더군요."

여의도 끝에는 낮은 산이 있다.

그런 산에 의지해 십여 동의 건물이 들어서 있었다. 두 사람은 그런 여의도를 바라보며 한동안 대화를 나누었다.

❁

다음 날.

조강을 마친 세자는 상무사로 넘어왔다. 그리고 간단히 점심을 먹고서 책을 펼쳤다.

개혁군주

해가 바뀌면서 세자는 익위사로 하여금 유력 가문들을 조사하게 했다. 개혁을 위해서는 나라를 이끌어 가는 세력에 대한 조사가 필요했기 때문이다.

지금까지 유력 가문을 조사한 경우는 한 번도 없었다. 그래서 공연한 말이 나올 것 같아 되도록 조심스럽게 조사하게 했다.

첫 번째 가문으로 안동 김씨를 정했다.

전생의 역사에서 세도정치로 나라를 결딴냈던 가문이다. 세자는 같은 폐해를 되풀이하지 않겠다는 심정으로 그들을 지정했다.

조사는 한 달 가까이 진행되었다. 그렇게 해서 조사된 결과는 실로 놀라웠다.

"역시 인재가 많기는 많구나. 대강은 짐작했지만, 이렇게 많은 숫자가 조정에 진출해 있을 줄 몰랐네."

안동 김씨는 본향은 같지만 시조를 달리하는 신구 두 집안으로 나뉜다. 이중 신 안동 김씨가 세도정치로 나라를 망친 집안이다.

신 안동 김씨는 병자호란 때 주전론을 주창했던 김상헌(金尙憲) 때 중흥했다. 이어서 손자인 김수항(金壽恒), 김수흥(金壽興) 형제가 연이어 영의정이 되면서 크게 번창한다.

이후 많은 후손이 과거에 급제해 왔다. 조정 요소요소에 많은 사람이 진출해 있었다.

세자가 안동 김씨의 면면들을 살피며 무겁게 고개를 끄덕였다.

'이렇게 많은 문인의 도움이 있었기에 세도정치가 쉽게 안착할 수 있었구나.'

아직은 잘못을 저지르지 않았다. 그러나 면면을 살피는 것만으로도 전생의 기억이 떠올랐다.

세자가 무거운 기분으로 보고서를 살피고 있을 때였다.

"저하! 상무사 대표와 청국 상인이 들었사옵니다."

세자가 책을 덮으며 대답했다.

"들라 하라."

문이 열리고 두 사람과 통역인 직원이 함께 들어왔다. 놀랍게도 오병감도 조선 관복을 착용하고 있었다.

"어서들 오시오."

박종보가 오병감을 소개했다.

"저하! 이 사람이 보고서로 말씀드린 청국 상인이옵니다."

오병감이 두 손을 모아 쥐었다.

"인사드리겠습니다. 청국 광주 공행인 이화행의 행수 오병감이라고 하옵니다."

세자가 깜짝 놀랐다.

"그대가 이화행의 오병감이란 말이오?"

세자의 질문에 오병감이 어리둥절했다.

"그러하옵니다. 헌데 세자께서는 소인을 어떻게 아시는

것이옵니까?"

세자가 고개를 저었다.

"솔직히 그대 이름은 몰랐소. 그런데 이화행이란 이름을 들은 적이 있어요."

"놀라운 일이군요. 우리 이화행의 상행이 조선에까지 알려졌다니요?"

"그렇소이다."

세자가 대답했지만, 실상은 아니었다. 세자가 오병감이란 이름을 알게 된 건 전생에 그의 전기를 읽었기 때문이다.

'이런 일이 다 있나. 당대 세계 최고의 부자 중 한 사람이 될 오병감이 직접 찾아오다니.'

세자가 질문했다.

"외숙, 이번 교역을 이화행과 한 건가요?"

"그러하옵니다."

박종보가 광주에서의 사정을 상세히 설명했다. 보고를 들은 세자가 아주 흡족해했다.

"잘되었네요. 좋은 거래처를 소개해 준 월해관의 관리에게는 따로 인사라도 해야겠네요."

박종보는 의아해했다.

"저하, 이화행과 거래를 튼 게 축하해야 할 일이옵니까?"

세자가 슬쩍 말을 돌렸다.

"교역을 시작하기 전에 광주의 공행을 조사한 적이 있었잖아요. 그때 이화행이 신용을 목숨처럼 중히 여긴다는 기록이 있었잖아요."

광주 공행을 조사한 건 맞다.

허나 조사 내용에 이화행이 들어 있었는지는 몰랐다. 박종보는 뭔가 이상하다는 생각은 들었으나 중요한 일도 아니어서 그냥 넘겼다.

"그렇습니까?"

세자가 오병감을 바라봤다.

"그대는 무슨 일로 조선을 방문한 건가요?"

"이번 거래에 나온 물건을 보고 너무 놀랐습니다. 그런데 그 물건을 세자께서 만드셨다는 말을 듣고 꼭 만나 뵙고 싶었사옵니다. 그래서 박 대인께 청을 넣어 함께 온 것입니다."

"잘 왔어요."

"환대해 주셔서 감사합니다."

세자가 그를 환대한 건 이유가 있었다.

'오병감은 청국 상인으로는 보기 드물게 국제 정세에도 밝은 인물이다. 영국 동인도회사의 후신인 이화양행의 최대 채권자였으며, 미국 철도 건설에도 투자했었다. 그뿐이 아니라 유럽의 여러 보험회사에까지 투자하기도 했지. 이런 인물이 나를 찾은 것은 절호의 기회다.'

오병감은 당대 최고의 투자자였다. 그와 같은 투자자는 동양에는 없었으며, 서양도 로스차일드 정도가 고작이었다.

세자가 깊게 생각했다.

'이건 천재일우의 기회다. 상무사는 시간이 갈수록 막대한 수익을 남기게 되어 있다. 그런 수익 일부를 국부펀드를 조성해 유럽과 미국에 투자하자. 그리되면 우리 조선의 위상도 높일 수 있을뿐더러, 향후 진행될 국제 질서에서 큰 축을 담당할 수 있을 거야. 아울러 우리 화폐를 기축통화로 만드는 데도 큰 도움이 될 거야.'

이런 결정을 하고서 고개를 들었다. 그 순간, 세 사람의 시선을 받고는 바로 사과했다.

"이런! 미안합니다. 내가 깜빡 다른 생각을 했네요."

오병감은 어리둥절했다.

처음 보는 세자가 자신과 공행에 대해 지극한 관심을 보였다. 그러다 갑자기 깊은 생각에 빠지면서 사람을 당황하게 했다.

그런데 더 놀라운 건 이런 세자의 행동에 누구도 이상해하지 않았다는 것이다. 그래서 고개를 갸웃거리고 있었는데, 세자가 갑자기 사과했다.

오병감이 당황하며 두 손을 모았다.

"아니옵니다. 그런데 무슨 생각을 하셨는지 여쭈어봐도 되겠사옵니까?"

세자가 기대를 숨기지 않았다.

"나는 그대가 우리를 많이 도와주었으면 해요."

오병감이 두 손을 모았다.

"염려 마십시오. 저는 언제라도 기대를 저버리지 않을 것이옵니다."

세자가 딱 하나를 짚었다.

"그런데 혹시 아편을 거래하나요?"

오병감이 크게 당황했다. 고심하던 그가 솔직하게 사정을 밝혔다.

"……많이는 아니지만 조금씩 거래는 하고 있사옵니다."

"돌아가는 즉시 아편 거래를 끊으세요. 그렇게 할 수 있겠어요?"

오병감이 곤란한 표정을 지었다.

"할 수는 있지만, 그리되면 수익이 대폭 감소하게 됩니다. 아울러 다른 공행과의 교류에도 문제가 생기고요."

세자가 그를 주시했다.

"아편은 장차 큰 우환이 될 거예요. 그러니 아무리 이문이 많이 난다 해도 반드시 거래를 근절해야 합니다. 만일 이 약속을 그대가 지켜 준다면, 나는 그대에게 아주 큰 선물을 줄 겁니다."

오병감이 침을 꿀꺽 삼켰다.

"무슨 선물을 주실 것인지요?"

"우리와 청국 간의 교역을 독점시켜 줄 겁니다. 우리 상무사는 앞으로 수많은 공산품을 만들 겁니다. 지금은 홍삼에서

개혁군주

큰 이문이 나지만, 시간이 지나면 전체 교역에서 홍삼이 차지하는 비중은 크게 줄어들게 될 거예요. 그런 교역을 독점하게 되면, 그대는 머지않아 청국 최고의 갑부가 될 수 있을 거예요."

오병감은 감격했다. 그가 자리에서 벌떡 일어나서는 두 손을 모으고 맹세했다.

"소인은 절대 아편을 손대지 않을 것이옵니다. 그리고 상무사 거래에서 신용을 어기지 않을 것을 천지신명께 맹세합니다."

이런 오병감이 그대로 무릎을 꿇었다.

쿵!

"소인을 끝까지 이끌어 주십시오. 그러면 소인은 언제라도 견마지로를 다하겠사옵니다."

그가 두 손을 바닥에 대고는 몇 번이고 이마를 찧었다. 잠시 그의 다짐을 듣던 세자가 손을 저었다.

"그만하고 일어나세요."

박종보가 얼른 그를 일으켜 세웠다.

이때부터 실무적인 협의를 시작했다.

오병감은 상무사가 앞으로 추진할 신상품에 대한 설명을 들으면서 수없이 경악했다. 그러면서 조선에 오기로 결정한 것에 대해 몇 번이고 자축했다.

이런 논의의 말미에 세자가 부탁했다.

"청국의 쌀을 수입하고 싶은데 가능하겠어요?"

"물론입니다."

"그런데 양이 많은데……."

"얼마나 필요하신지 말씀해 보십시오."

"지난해 본국은 흉년이 들었어요. 그래서 작황이 좋지 않아서 백만 석 정도를 구매하고자 하는데, 추진해 줄 수 있겠어요?"

오병감은 잠시 난감해했다.

"해 볼 수는 있사옵니다. 그러나 물량이 너무 많은 관계로, 교역을 위해서는 양광총독(兩廣總督)의 재가를 받아야 합니다."

양광총독은 청국의 광동과 광서를 관장한다.

"양광총독에게 내가 친서를 써 주면 양곡을 구매할 수 있겠어요?"

오병감의 눈이 더없이 커졌다.

"세자께서 친서를 써 주신단 말씀이옵니까?"

"어려운 나라 사정으로 양곡을 수입하려는데 당연히 그 정도의 노력은 해야지요. 그리고 총독은 청국에서도 정이품의 고관이니, 친서를 써 준다고 해도 격이 떨어지지는 않아요."

오병감이 감동했다.

"아아! 대단하시옵니다. 일국의 세자께서 수고로움을 마다하지 않으시다니요."

개혁군주

박종보가 거들었다.

"저하께서 친서를 써 주시면 양곡을 구매할 수 있겠소?"

오병감이 자신했다.

"물론이옵니다. 다행히 지난해 강남은 쌀이 풍작이었습니다. 그러나 다음에는 어떻게 될지 장담을 못 하겠습니다."

세자가 문제를 지적했다.

"백련교도의 난 때문이군요."

"그러하옵니다. 이번 반란은 유례없이 급속히 번지고 있사옵니다. 지금의 기세라면 쉽게 진압되지 않을 거 같사옵니다."

"알겠어요. 금년은 우리도 작황이 어떻게 될지 모르니, 그때 가서 다시 생각해 보기로 해요."

"예, 알겠습니다."

오병감은 물건이 만들어지는 공장을 둘러보고 싶어 했다. 그러나 세자는 기밀을 이유로 그의 청을 들어주지 않았다.

그 대신 여러 선물을 주며 그를 위로했다. 오병감은 아쉬웠으나 다음을 기약하며 마음을 접었다.

❀

며칠 동안 조선에 머물던 오병감은 박종보와 함께 광주로 돌아갔다. 처음과 달리 상무사의 상선 두 척이 움직였다.

이렇게 두 척이 움직이게 된 건 세자의 지시 때문이었다.

거래가 막 시작되었지만, 상무사가 한 번 거래하는 금액은 엄청났다.

그것을 노리고 해적이 발호할 수도 있었다. 그리고 네덜란드 동인도회사가 거래하지 않는 서양 제국(諸國)과의 교역을 위해서라도 한 척이 더 필요했다.

두 척의 상무사 상선이 출발한 강화나루에는 이번에 새로 들여온 한 척의 범선이 정박해 있었다.

그리고 이십여 일 후.

범선이 귀환했다. 그런데 처음보다 더 많은 이익을 거두고 돌아왔다.

보고를 받은 국왕이 놀랐다.

"처음보다 줄어든 게 아니고 오히려 늘었어?"

세자가 설명했다.

"예, 이번에는 광주에 있는 외국 상인들과의 거래가 있었습니다. 그러나 아직은 시작이어서 매출이 조금 늘었사옵니다."

"허허! 조금이란 게 천은 십만 냥이냐?"

편전이 술렁였다.

세자는 그런 반응을 보면서 설명했다.

"아직 견본 정도의 발주일 뿐입니다. 아마도 저들이 본국을 다녀오는 올 연말경이면 주문이 폭발적으로 늘어날 것이옵니다."

"그러면 지금의 공장으로 그 수요를 전부 충당하지 못할 수도 있겠구나."

"그러하옵니다. 그래서 이번에 공장을 대폭 증설하려고 합니다."

채제공이 질문했다.

"공장 증설은 지난번에도 했는데, 그런데도 더 증설하신다고요?"

"모든 공정을 수작업으로 해서 그래요. 그리고 더 많은 종류의 물건을 생산하려면 어쩔 수 없이 공장을 증설해야 해요."

국왕이 고개를 갸웃했다.

"물건을 만드는 일을 사람이 아닌 기계로 할 수 있다는 말이냐?"

이 질문에 대신들도 큰 관심을 보였다.

세자가 내관에게 큰 종이를 가져오게 했다.

그리고 증기기관의 작동 원리와 활용 방법을 설명했다. 국왕도, 대신들도 세자의 설명에 너무도 놀랐다.

"……이런 식으로 기계를 활용하는 겁니다. 그러면 사람이 손으로 만드는 것보다 천 배 이상의 효율을 낼 수 있게 됩니다."

놀라지 않은 대신들이 없었다. 국왕도 너무 큰 비교에 헛웃음까지 지었다.

"허허허! 정녕 증기의 힘으로 움직이는 기계가 그런 위력을 발휘할 수 있단 말이냐?"

"그러하옵니다. 증기기관은 영국에서 발명되었습니다. 그런 영국은 증기기관으로 인해 세계 최강국으로 발전하고 있는 상황이옵니다."

윤시동이 지적했다.

"그렇게 중요한 기관이라면 영국에서 보호하려고 하지 않겠사옵니까?"

세자가 고개를 저었다.

"처음에는 그랬지요. 그러나 증기기관이 발명되고 오랜 시간이 지나서, 이제는 서양의 모든 나라가 활용하고 있지요."

"그렇군요. 그래서 저들의 국력이 우리보다 월등한 것이로군요."

본래는 보수적이었던 윤시동이다. 그런 윤시동이 언제부터인지 변화를 거부하지 않고 있었다.

세자는 윤시동의 변화가 반가웠다.

"정확한 지적이세요. 서양이 발전하게 된 첫 번째 원인을 찾으라면 단연 증기기관 발명입니다."

"허허허! 한번 꼭 보고 싶군요. 대체 어떻게 작동되는 물건이기에 세상을 바꿨는지 참으로 궁금하군요."

국왕이 나섰다.

"과인도 궁금하긴 마찬가지다. 그런데 화란 상인은 그런 물건을 언제 가져오는 거냐?"

개혁군주

"여기서 서양을 다녀오려면 반년 이상 걸립니다. 그래서 저들이 물건을 구매해서 돌아오려면 4월 정도는 되어야 할 겁니다."

"허허! 서양이 멀기는 먼가 보구나, 그렇게 시간이 오래 걸리는 걸 보니."

"그래도 일정을 최대한 빨리해서 단축된 것입니다. 본래는 열 달 정도 걸린다고 했사옵니다."

호조판서 이시수가 핵심을 짚었다.

"교역 이익이 상당한가 봅니다. 그렇게 오랫동안 위험을 무릅쓰면서 항해할 정도면 말입니다."

"그렇습니다. 우리 동양은 서양이 보기에 황금의 땅이나 마찬가지입니다. 네덜란드 동인도회사가 장악하고 있는 남방 지역은 세상에서 유일한 향신료 산지입니다. 인도는 후추의 산지이고요. 수많은 지하자원이 널려 있고요. 그뿐이 아닙니다. 삼억이 넘는 인구를 가진 청나라가 있습니다. 그리고 남방의 여러 나라와 일본도 있고요."

세자가 여기서 말을 멈추었다. 이 정도의 설명만으로도 대신들은 충분히 알아들었다.

이시수가 다시 질문했다.

"서양이 본래부터 강성했사옵니까?"

"이전까지는 우리와 비슷했습니다. 그런 서양이 달라진 건 증기기관이 발명되면서 공업 발전이 시작되었기 때문입니다.”

“단순히 기계 하나를 발명했다고 세상이 바뀌었단 말씀입니까?”

“물론 여러 요인이 맞물려 있지요. 그러나 공업이 발전하면서 급속히 나라가 발전한 건 맞습니다.”

“그런데 서양은 요즘 전쟁의 소용돌이에 휘말려 있다고 하지 않았습니까?”

“맞습니다. 전쟁은 모든 걸 파괴하기도 하지만, 거꾸로 새로운 기반도 만듭니다. 서양에서 일어난 전쟁은 10년 이상 지속될 겁니다.”

국왕이 지적했다.

“청나라에서 일어난 반란도 10년 이상 간다고 예측하지 않았느냐?”

“맞습니다. 그러나 그 결과는 전혀 다르게 나타날 겁니다. 이미 공업 기반이 갖춰진 서양은 전쟁이 끝나면서 급속히 발전하게 될 겁니다. 반면 공업 기반이 전혀 없는 청국은 완전히 국가 동력을 상실하게 될 겁니다.”

세자의 이런 예상에 대부분 동의하지 않았다. 그러나 세자의 설명은 거침이 없었다.

“제가 부국강병을 서두르는 건 이 때문입니다. 우리 조선은 서양보다 100년 이상 늦었습니다. 그러나 아직은 시간이 있습니다. 서양과 청국이 전화에 시달리는 동안, 우리는 최대한 국력을 배양해야 합니다. 그러기 위해서는 서양의 앞선 기술을 적극 도입해야 하고요."

세자는 자신의 계획을 한동안 설명했다. 두 번째 교역을 하며 엄청난 실적을 거둬들였다.

이런 바탕 덕분에 세자의 설명은 그 어느 때보다 설득력이 컸다. 대신들도 이전보다 동조하는 반응이 훨씬 많았다.

국왕은 이런 세자를 흐뭇하게 바라보며 몇 번이고 고개를 끄덕였다.

설명 말미에 세자가 놀라운 발언을 했다.

남방 진출

"이번 교역에는 모두 세 척의 배가 동원될 겁니다. 두 척은 지금처럼 청국 광주로 가지만, 다른 한 척은 광주에 들렀다가 남방에 있는 대월(大越)과의 교역을 추진할 것입니다."

　대월은 베트남 북부에 있는 나라다.

　국왕이 크게 놀랐다.

　"벌써부터 남방 국가와 교역을 하려는 게냐?"

　"이번에 청국 광주에서 대월과 교역 경험이 있는 네덜란드 상인을 만났다고 합니다. 그에게 수익의 일정 비율을 수수료로 지급하는 조건으로 대월과의 교역을 중계받기로 했습니다."

　"그런 방식으로도 교역을 하는구나."

　"예, 아바마마."

"그러면 수수료는 매번 내야 하는 것이냐?"

"아니옵니다. 상무 협상 당시 남방은 우리가 직접 교역한다고 했습니다. 그래서 이번 처음만 수수료를 지급하는 거여서 상무사로도 손해 볼 일이 아닙니다. 그렇게 대월과 교역을 마치면 참파 왕국까지 다녀오려고 합니다."

"참파는 또 어디에 있는 나라냐?"

"대월과 접해 있는 오래된 왕국이옵니다. 이전에는 강성했으나, 지금은 거의 대월의 속국으로 전락한 나라이지요."

"그런 나라와 교역을 해도 괜찮은 거냐?"

"대월은 본국의 인삼을 만병통치약으로 여기고 있다고 합니다. 그런데 대월의 국왕이 신하들에게 특별히 하사할 정도로 워낙 귀하다고 하옵니다."

"우리와 교류가 없어서 그렇구나."

채제공이 나섰다.

"신이 연경에 사행을 갔을 때 대월의 사신을 만난 적이 있었사옵니다."

"오! 그래요?"

"대월은 3년에 한 번 연경에 입조를 합니다. 거기다 입조 시기가 달라 우리와는 잘 마주치지 못하는 형국이지요. 그러다만난 대월의 사신의 말에 따르면, 연경에 사행을 왔을 때도 인삼을 구하지만 쉽지 않다고 했습니다. 그래서 일부러 광주로 사람을 보내지만, 그조차도 여의치 않다고 했습니다."

개혁군주

"그래서 많이 귀한가 보구나."

"그렇습니다. 대월의 내부 사정을 모르는 상황이어서 얼마나 거래가 될지는 모릅니다. 허나 인삼보다 귀한 홍삼을 직접 가져가면 분명 큰 관심을 보일 것이옵니다."

세자가 동조했다.

"맞습니다. 대월도 참파도 외부와의 교류가 크게 없다고 합니다. 그래서 상무사가 가면 아마도 유의미한 성과를 거두고 올 게 분명하옵니다."

국왕이 덕담을 했다.

"허허! 부디 좋은 결과가 있었으면 좋겠구나."

"그리고 이번에 대월과 참파와의 교역은 다른 목적도 있사옵니다."

"그게 무엇이더냐?"

"두 나라는 날이 더워 벼를 이모작도 하고, 남쪽은 삼모작도 한다고 합니다. 그래서 우리와 달리 쌀이 넘쳐 납니다. 다만 본국과 달리 끈기가 없어서 입에 맞지는 않습니다. 하지만 값싸게 들여올 수 있는 장점이 있사옵니다."

"입에 맞지 않더라도 춘궁기에는 큰 도움이 될 것이다."

"예, 그래서 저들과 협상해 남방미를 들여오려고 합니다."

홍낙성이 고마워했다.

"감읍할 일이옵니다. 상무사가 그렇게 해 준다면 앞으로 춘궁기는 어렵지 않을 것 같사옵니다."

상무사는 왕실 상단이다.

그래서 대외 활동 내역을 구태여 조정에 알리지 않아도 된다. 그런데 세자는 일부러 상참에 맞춰 편전에 나가 보고했다.

이렇게 하는 데에는 이유가 있었다.

조정 중신들은 정치 괴물들이다. 수십여 년을 거의 같은 상대와 산전수전 공중전까지 하며 지낸다.

이런 일이 반복되면 생각이 굳어지고 경직되게 마련이다. 개혁을 바라는 세자로서는 이런 사고를 가진 시파나 벽파 모두 걸림돌이기는 마찬가지다.

개혁 군주임을 자임하는 국왕도 이런 기준에서는 넘어야 할 산이었다. 다행히 국왕은 스스로가 놀랄 정도로 사고가 유연해지기는 했다.

조정 대신들도 상당히 바뀌었다.

특히 세자가 천연두 예방접종을 자청하면서 많은 대신이 지지하기 시작했다. 그러나 부국강병을 위해서는 더 많은 변화가 필요했다.

그래서 때마다 보고하는 자리를 일부러 마련하고 있었다. 이런 세자의 의도는 눈에 띄게 좋은 성과를 거두고 있었다.

3월 초가 되었다.

상무사는 세 번째 교역에 나섰으며, 세 척의 범선이 동행했다. 그렇게 출발한 범선 중 두 대는 평상시대로 3월 하순 귀국했다.

그러나 한 척은 청국 광주에서 네덜란드 상인과 통역을 태우고서 대월로 넘어갔다.

상무사 범선이 정박한 곳은 대월의 수도에서 100여 킬로미터 떨어진 하이퐁(海防)이다. 이 하이퐁은 하항으로 대월의 관문 역할을 하는 항구다.

대월에 조선의 상단은 처음이었다.

당연히 하이퐁이 뒤집혔다. 그나마 네덜란드 상인의 빠른 중재 덕분에 불상사는 일어나지 않았다.

그러나 교역을 바로 할 수는 없었다.

하이퐁의 관리는 먼저 지금의 하노이인 탕롱(昇龍)으로 파발을 보냈다. 이 파발로 인해 대월 조정을 발칵 뒤집혔다.

대월과의 거래는 상무사 부대표인 오도원(吳道源)이 주도했다.

오도원의 집안은 대대로 역관이었으며 본인도 역관이었다. 그리고 그의 아들인 오계순(吳繼淳)도 열일곱 살에 급제한 역관이다. 이런 오도원이 상무사 직원이 된 것은 전적으로 그의 결정에 의해서였다.

역관들은 청나라를 수시로 오가면서 선진 문물을 가장 많이 접한다. 그러다 보면 조선의 문제점을 누구보다 잘 알게 된다.

그러나 그뿐이었다. 중인 신분의 역관이 조선에서 할 수 있는 일은 거의 없다.

역관들은 보좌역에 불과하다.

역관은 무관과 달리 공이 많아도 조정 대사에 참여할 수가 없다. 그래도 품계는 최고까지 오를 수는 있으나 실직은 맡을 수 없다.

물론 지방 수령이 되는 경우는 있다. 그러나 그조차도 한 번이 전부였다.

수많은 역관이 이런 차별에 좌절했다. 그렇다고 중인 신분인 역관이 과거를 볼 수도 없었다.

역관들은 어쩔 수 없이 팔포로 가져간 삼으로 얻는 이문 정도에 만족해야 했다. 그래서 조선의 역관들은 상행에서 교역에 힘쓰며 거부가 되는 경우가 많았다.

오도원은 이런 차별이 싫었다. 자신이 직접 뭐든 해 보고 싶었다.

그리고 그 일이 개혁을 위한 일이라면 더 말할 나위도 없었다. 그래서 상무사가 직원을 뽑는다고 하자 집안의 반대를 무릅쓰고 지원했다.

세자는 직원 선발 때 직접 면접했다.

그러다 오도원의 성정과 개혁에 대한 열망을 알아보고는 바로 채용했다. 그러고는 상무사의 부대표로 임명하면서 예우했다.

개혁군주

오도원은 언어 학습 능력이 월등했다. 면접을 보며 그 사실을 알게 된 세자는 그에게 영어를 익히게 했다.

오도원은 세자의 바람에 부응했다. 그는 누구보다 쉽게 영어를 익혔으며, 네덜란드어도 제법 능숙해졌다.

오도원이 뱃전에서 동행한 네덜란드 상인과 한어로 대화했다.

"호안은 여기에 자주 오셨습니까?"

상무사와 동행한 네덜란드 상인은 호안이었다. 그는 다른 사람보다 유난히 한어에 능통했다.

"이전에는 자주 왔었지요. 그러다 10여 년 전 대월에 내전이 벌어져 왕조가 바뀌면서 한동안 못 왔었어요."

"아! 대월 왕조가 바뀌었군요."

"예, 본래는 레 왕조(黎 王朝)로 수백 년을 이어 온 왕조가 지배했었지요. 그런 왕조가 말기에 힘이 약해지면서 군벌과 번국이 득세를 했었지요. 그러던 중, 군벌 중 하나가 몇 년 전 새로운 왕조를 열었답니다."

"그러면 내정이 상당히 복잡하겠네요."

"맞습니다. 한때는 청국이 개입하며 나라가 크게 혼란스러웠지요. 다행히 청국의 침략은 물리쳤지만, 지금도 나라가 거의 둘로 쪼개진 형국입니다."

"나라 사정이 만만치가 않네요."

호안의 안색이 어두워졌다.

"그래서 저도 많이 망설였습니다. 지금과 같은 상황에서 교역이 쉽게 이루어지지 않을 거 같아서요."

오도원이 고개를 저었다.

"꼭 그렇다고 볼 수만은 없습니다. 대월의 불안한 정정을 잘 이용하면 의외로 좋은 성과를 거둘 수도 있습니다."

호안의 눈이 커졌다.

"그게 가능하겠습니까?"

오도원이 웃음으로 얼버무렸다.

"하하하! 기다려 보시지요. 만일 대월이 나라 사정을 들어 교역을 거부한다면 우리를 바로 돌려보내지 않겠습니까?"

호안이 슬쩍 불안한 속내를 밝혔다.

"아니지요. 저들이 돈에 눈이 뒤집혀 우리에게 위해를 가할 수도 있습니다."

그러자 오도원이 호안에게 반문했다.

"호안께서는 대월과 교역을 많이 했다고 하시더니, 저들의 성정을 잘 모르시나 봅니다?"

갑작스러운 반문에 호안이 당황했다.

"대월은 외국과 교역은 해도 교류는 하지 않습니다. 그 때문에 대월의 실상에 대해서는 솔직히 잘 모르는 편입니다."

"그러셨군요."

오도원이 자신의 경험을 소개했다.

"저는 아시다시피 역관 출신입니다. 그래서 지금까지 청나라 수도인 북경을 이십여 회 다녀왔었지요. 그렇게 북경을 오가다 보면 간혹 대월의 사신과 만날 때가 있습니다."

"아! 대월의 사신을 직접 만난 적이 있었군요?"

"예, 아쉽게도 역관인 저는 직접적인 교류를 하지는 못했습니다. 그러나 통역을 하면서 대월 사람들이 가진 성향이나 사상을 나름대로 파악할 수는 있었지요."

"그거 참으로 다행입니다. 상인에게 거래 대상을 미리 알고 있는 것처럼 좋은 조건은 없지요."

호안이 크게 반겼다. 그 바람에 오도원도 자신이 가진 정보를 좀 더 풀었다.

"대월 사람들은 유학을 신봉합니다. 그래서 기본적인 의식은 우리와 별반 다르지 않습니다."

호안도 이점은 동조했다.

"맞아요. 그 부분은 저도 교역을 하면서 많이 느꼈습니다. 대월 사람들은 의외로 체면과 예의를 중시하더군요. 청국 사람으로 착각할 정도로요. 처음 우리를 맞은 대월의 관리도 그렇지만, 우리를 대우하는 저들의 태도도 깍듯하지 않습니까?"

"잘 보셨습니다. 저들은 본국 세자 저하의 친서 때문에라도 더 조심스러워할 겁니다."

"아! 맞습니다. 그게 가장 큰 원인이겠습니다."

오도원이 의외의 발언을 했다.

"대월의 문자는 한자를 차용해서 사용한다고 합니다. 그런데 놀랍게도 외왕내제(外王內帝)의 전통이 있다고 하더군요."

호안이 고개를 갸웃했다.

"그게 무슨 말입니까? 외왕내제라니요?"

"대월은 밖으로는 명이나 청을 대국으로 섬기면서 칭왕(稱王) 합니다. 그러나 내부적으로는 칭제(稱帝) 하면서 연호(年號)까지도 사용하고 있다고 하더군요."

호안은 동양에 오래 있었다. 그래서 칭제 건원이 무슨 의미인지 너무도 잘 알고 있었다.

그가 놀라워하며 고개를 저었다.

"있을 수 없는 일입니다. 명나라나 청나라가 그걸 인정해 주었단 말입니까?"

"대월은 처음부터 칭제를 했다고 합니다. 그래서 몇 차례나 대륙 왕조에 점령되었던 아픈 역사가 있고요. 대륙 왕조는 대월을 점령해 자신들의 일부로 만들려고 많은 노력을 했다고 합니다. 그러나 대월이 끝까지 저항하였고, 끝내 침략자를 쫓아내며 정체성을 유지해 왔답니다."

"저항 정신이 실로 대단하군요."

"그렇습니다. 그렇다고 대륙 왕조가 대월을 그냥 두지는 않았다고 합니다. 그들은 수시로 대월의 내정을 간섭했는데, 그중 명나라가 가장 심했다고 하더군요. 워낙 내정간섭이 심해, 그에 저항하다 20여 년을 점령당하기도 했고요."

"원한이 많겠네요."

개혁군주

"맞습니다. 그래서 명나라가 강남에서 부흥 운동을 했을 때 철저하게 외면했다고 하더군요. 아니, 병력을 일으켜 남명을 압박했다고 하더군요."

호안이 고개를 끄덕였다.

"명나라에 대한 반감의 결과군요."

"그렇지요. 그래서 청이 대륙의 주인이 되었을 때 대월이 먼저 머리를 숙였다고 합니다. 청나라는 이런 대월의 칭제 전통과 연호 사용을 묵인해 주었고요."

호안이 놀라워했다.

"대단합니다. 귀국은 수백 년간 쇄국 정책을 유지해 왔습니다. 그런데도 어떻게 타국의 정보에 밝은 것입니까?"

오도원이 알고 있는 정보는 세자가 알려 준 것이다. 세자는 대월의 정보를 알려 주면서, 정보의 출처를 드러내지 못하도록 주의를 주었다.

그 대신 역관 활동을 하며 알게 된 정보로 포장하라고 했다. 오도원이 웃으며 말을 얼버무렸다.

"하하하! 저는 역관입니다. 아실지 모르지만, 타국과 교류할 때 역관은 일종의 중재자 역할도 합니다. 그러다 보면 다른 사람보다 많은 정보를 접하게 되지요."

호안이 지레짐작했다.

"아! 이런 정보도 북경에서 만난 대월의 사신과 교류하며 알게 된 거로군요."

오도원도 슬쩍 넘겼다.

"예, 우리 역관들은 따로 시간을 갖기도 한답니다. 그런 때면 종종 여러 정보를 주고받지요. 아! 그렇다고 해서 자국에 위해가 되는 정보는 절대 넘겨주지 않는답니다."

"그야 당연히 그렇겠지요."

이때, 갑자기 빗방울이 떨어졌다.

오도원이 하늘을 보며 어이없어했다.

"방금만 해도 맑았던 날씨였는데 갑자기 비가 오네요."

호안이 웃으며 권했다.

"하하하! 그만 들어가시지요. 여기 날씨가 늘 이렇습니다. 아직은 우기가 아니라서 그나마 이렇지, 때로는 몇 날 며칠 비가 온답니다."

오도원이 혀를 차며 몸을 돌렸다.

❀

대월 조정에서 소식이 온 것은 이로부터 이틀 후였다. 놀랍게도 소식을 갖고 온 사람은 대월 황제의 측근 무장이었다.

대월과 조선은 교류가 없었다.

그러나 청국을 통해 간접적으로 서로의 존재를 알고 있었다. 그런 조선의 왕실 상단이 세자의 친서를 갖고 교역을 위해 방문했다.

개혁군주

대월의 황제가 예우 차원에서 측근 무장을 직접 보내 영접한 것이다. 대월의 무장은 세자의 친서를 가져온 오도원에게 정중히 인사했다.

  그러고는 황제의 명을 전했다.

  "본국 황제 폐하께서는 조선국의 왕실 상단 내방을 진심으로 환영하셨습니다. 그러면서 정식으로 초대를 하셨지요. 그러니 조선 왕실 상단의 대표는 나와 함께 황도로 가 주셨으면 좋겠습니다."

  대월 황제의 초대였다.

  오도원은 놀랐으나 먼저 사은했다.

  "정식으로 초대해 주셔서 감사합니다. 그런데 우리는 왕실 상단으로 귀국과의 교역을 위해 방문했습니다. 그래서 우리가 가져온 교역 물품의 견본을 가져갔으면 합니다."

  대월의 무장이 흔쾌히 동의했다.

  "교역을 위해 방문했으니 당연히 그래야지요. 그런데 교역 물품이 뭡니까?"

  "홍삼을 비롯한 여러 공산품과 의약품이외다."

  대월 무장이 깜짝 놀랐다.

  "아니! 홍삼을 가져오셨다고요?"

  "그렇습니다."

  "물량이 어느 정도 됩니까?"

  "얼마가 거래될지 몰라 삼천 근을 가져왔소이다."

물량을 들은 대월 무장이 더 놀랐다.

"잠깐 기다리시지요."

대월의 무장은 옆에 있던 무관에게 급히 무엇을 지시했다. 그리고 조금의 시간이 지나자 백여 명이 넘는 병사들이 몰려왔다.

오도원이 깜짝 놀라 확인했다.

"무슨 병력이지요?"

대월의 무장이 사정을 설명했다.

"홍삼은 천하제일의 명약입니다. 그런 귀물을 무려 삼천 근이나 가져온 상선을 철저하게 보호하기 위해 병력을 불러 모은 것입니다."

오도원은 그제야 안심했다.

"배려해 주셔서 대단히 고맙습니다. 방문 준비를 해야 하니 잠시 기다리시지요."

"알겠습니다."

오도원은 직원들을 시켜 준비했다.

본인도 조선의 관복으로 갈아입었다. 그렇게 해서 십여 명의 직원과 네덜란드 상인, 그리고 준비된 물건을 가지고 대월의 황궁으로 출발했다.

❁

이런 오도원이 귀국한 건 4월 하순이었다.

2개월여 만에 돌아온 강화나루는 이전과는 크게 달라져 있었다. 남방 교역에 동행한 직원이 나루를 보며 놀랐다.

"부대표님. 저기를 보십시오. 범선이 무려 다섯 척이나 됩니다."

오도원도 강화나루를 보며 놀랐다. 그러나 범선을 살펴보던 그는 이내 상황을 짐작했다.

"바타비아에 주문했던 상선이 인도되었구나."

옆에 있던 무장이 반색했다.

"그러면 우리도 전용 상선을 운용할 수 있겠군요."

상무사는 범선 운용 능력 배양을 위해 수군 인력을 항상 2배 이상 승선시켜 왔다. 초과한 인원은 새로운 배가 도입되면 일 순위로 범선을 배정받게 되어 있었다.

오도원이 너털웃음을 터트렸다.

"허허허! 이번 교역에 실적도 좋고 항해 능력도 입증받았으니 아마도 그렇게 될 게요."

무장이 몸을 숙였다.

"잘 부탁드립니다. 부대표님께서 보고서를 잘 써 주신다면 분명 좋은 결과가 있을 겁니다."

오도원이 농담을 했다.

"맨입에 되나. 적어도 술 한 잔은 있어야지."

"아이고! 술 한 잔이 대숩니까? 날만 잡으십시오. 제가 거하게 한턱내겠습니다."

오도원이 손을 저었다.

"말이 그렇다는 거예요, 말이. 빌미로 술을 얻어먹다간 당장 징계감이오. 잘되면 축하주는 내가 사리다."

"누가 사든 잘되었으면 좋겠습니다."

"하하! 기대해 봅시다."

대화를 나누는 동안 범선은 유유히 한강을 거슬러 올랐다.

대외 교역이 시작되면서 매월 상무사 범선이 마포를 찾는다. 교역 대금을 여의도에 내리고 세자에게 보고하기 위해서다. 그 바람에 범선을 보는 일은 이제 흔해졌는데도 사람들이 몰려들었다.

오도원의 귀환은 즉각 세자에게 보고되었다.

"오! 드디어 돌아왔네요. 어떻게 별일은 없었답니까?"

좌익위 이원수가 고개를 숙였다.

"예, 다행히 대월과 참파까지 교역에 성공을 거뒀다고 합니다. 자세한 사항은 오도원 부대표가 직접 입궐해서 보고한다고 했습니다."

박종보가 기대감을 숨기지 않았다.

"성공이란 말을 쓰다니, 어떤 결과를 얻고 귀환했는지 기대가 되네요."

세자도 동조했다.

"그러게 말이에요. 오도원 부대표의 성격으로 봤을 때 쉽게 그런 말을 할 사람이 아닌데요."

개혁군주

"맞습니다. 그래서 더 기대가 됩니다."

✦

얼마 후.

"세자 저하, 상무사의 오도원 부대표가 들었사옵니다."

"들라 하세요."

문이 열리고 오도원이 직원 1명과 수군 무장을 대동하고 들어왔다.

세자가 먼저 그들을 위로했다.

"어서 오세요. 먼 길 다녀오느라 고생이 많았어요."

오도원이 정중히 몸을 숙였다.

"아니옵니다. 소인에게 기회를 주신 저하께 오히려 감읍하옵니다."

박종보가 권했다.

"우선 자리들 앉으세요."

"감사합니다."

세 사람이 앉자 박종보가 확인했다.

"교역이 성공을 거뒀다는 보고는 받았습니다. 그런 표현을 할 정도라면 성과가 제법 컸나 봅니다."

오도원의 목소리가 높아졌다.

"예상보다 성과가 좋았습니다."

"그래요?"

"대월은 본국에 대해 아주 우호적이었습니다. 저희가 하이퐁에 도착하니 친위 무장이 직접 와서 영접했었습니다."

세자가 놀라워했다.

"친위 무장이 직접 왔다고요?"

"그러하옵니다. 우리가 아무리 왕실 상단이어도 친위 무장이 올 줄은 예상 못 했습니다."

이러면서 가져온 보고서를 정중히 바쳤다. 세자가 보고서를 집어 들었다.

"보고서부터 읽어 볼게요."

세자는 보고서를 넘기며 놀라워했다.

"대월이 우리 홍삼을 좋아하는 건 알았지만, 이 정도로 많이 매입할 줄 몰랐네요."

"대월은 군주부터 대신들까지 홍삼을 만병통치약으로 여기고 있습니다. 그래서 가져간 삼천 근을 전부 매입했으며, 무엇보다 홍삼이 오래되지 않은 상태인 점을 좋아했사옵니다."

오도원이 국왕이나 황제가 아닌 군주라는 칭호를 사용했다. 세자는 그가 이유를 알아챘다.

"대월이 칭제하고 있었지요?"

"그러하옵니다. 저하께 미리 말을 들었지만, 직접 대월의 군주를 뵈었을 때는 충격이었습니다."

이어서 대월의 상황을 설명했다.

개혁군주

"대월은 250여 년간 내부적으로 남북이 분리되어 있었습니다. 북부는 정(鄭) 씨라는 군벌이 황제 대신 나라를 좌지우지하고, 남부는 광남(廣南)이란 나라가 제후국을 자처하고 있었고요. 그런 나라를 지금의 서산 왕조가 통일했다고 합니다. 그러는 동안 청국의 침략도 물리쳤고, 시암과 광남의 연합군도 물리쳤다고 합니다."

박종보가 크게 놀랐다.

"대월이 청국의 침략을 물리쳤다고요?"

"그러하옵니다. 그것도 이십만 병력의 청국과 싸워 완승을 거뒀다고 합니다."

세자도 모르는 상황이었다.

"그런 일이 있었군요. 그 많은 병력이 대월에서 패한 바람에 백련교도가 쉽게 거병을 할 수 있었던 거로군요. 운남에 터를 두고 있는 묘족도 마찬가지고요."

"정확히 보셨습니다. 그런데 지금의 대월은 사정이 좋지 못합니다."

"그래요?"

"나라를 통일했던 초대 황제가 몇 년 전 사망했습니다. 그 뒤를 이은 현 황제는 이제 겨우 열셋에 불과하고요."

세자가 상황을 대번에 이해했다.

"반란이 다시 일어났겠군요."

"정확히 보셨습니다. 나이 어린 황제가 즉위한 틈을 타,

남부에 있었던 광남 왕조의 후예인 완복영(阮福暎)이 프랑스의 도움을 받아 거병했다고 합니다."

박종보가 놀랐다.

"프랑스가 도움을 주었다고요?"

"그렇습니다. 프랑스 신부가 지원병까지 모집해 적극 도움을 주고 있다고 합니다. 여기에 시암이란 나라도 적극 도우면서 수도였던 사이공을 다시 탈환했고요. 그로 인해 대월의 내부 사정이 아주 어수선했사옵니다."

"나라가 그런데도 홍삼을 삼천 근이나 매입한 점은 의외네요."

"대월 조정이 군의 사기를 높이기 위한 하사품으로 사용한다고 했습니다. 그리고 무엇보다 가격이 쌌으니까요. 대월은 우리가 제시한 천은 이백 냥의 가격을 처음에는 믿지 않으려 했습니다."

박종보가 의문을 제기했다.

"좋은 물건을 싸게 팔겠다는데, 왜 그걸 문제 삼았단 말이지요?"

"청국 광주에서 우리 홍삼을 구매하려면 적어도 두 배는 주어야 합니다. 그럼에도 쉽게 살 수 없고요."

이 점은 세자도 동조했다.

"그랬을 거예요. 백삼은 모르지만, 홍삼은 구하기가 결코 쉽지 않았겠지요."

"그러하옵니다. 그렇게 귀한 홍삼을 천은 이백 냥에 넘기겠다고 하니, 딴 속셈이 있는지 의심까지 했사옵니다."

"다른 속셈이요?"

"예, 우리가 남부 광남과 손을 잡은 첩자가 아닌지 오인했었습니다."

세자가 이해했다.

"그런 생각을 했을 수도 있겠네요. 어쨌든 그런 오해를 다 풀었으니 거래에 성공했겠지요?"

"그러하옵니다. 다른 것은 차치하고, 저하의 친서가 결정적인 역할을 했사옵니다. 그리고 대월은 본국의 공산품과 의약품에도 열광했습니다. 그래서 가져간 물건 대부분을 대월에 판매할 수 있었습니다. 그래서 대월의 속국인 참파와는 거래량이 많지 않았습니다."

세자가 치하했다.

"어려운 가운데에도 교역을 성공시키느라 고생 많았네요."

"아닙니다. 평생에 남을 아주 좋은 경험을 했사옵니다."

"그런데 참파가 대월의 완전한 속국인가요?"

"그러하옵니다. 참파 왕국이 대월의 속국이 된 지 수백 년이라고 합니다. 실제 저희가 방문해 보니, 나라의 크기가 본국의 전라도 정도에 불과할 정도로 작았습니다."

세자가 고개를 끄덕였다.

"그랬었군요. 나는 참파가 상당한 지역을 차지하고 있을 줄 알았는데, 그게 아니었네요."

박종보가 궁금해했다.

"그런데 쌀은 어떻게 되었나요? 대월이 양곡 판매에 동의했나요?"

오도원이 고개를 저었다.

"아닙니다. 대월의 곡창지대는 남부입니다. 그 지역을 지금 광남이 장악하고 있어서 어렵다고 했습니다."

박종보의 안색이 대번에 어두워졌다.

"그러면 실패했단 말입니까?"

"그렇지 않습니다. 대월에서는 실패했습니다. 그래서 고심을 했었는데, 생각지도 않게 참파가 중재를 자청하고 나섰습니다."

세자가 눈을 크게 떴다.

"참파가 중재를 자청하다니요. 그 나라는 대월의 속국 아닌가요?"

오도원이 고개를 저었다.

"참파는 오래전부터 광남에 신속하고 있었습니다. 그래서 저희가 방문해 사정을 설명하니, 참파가 광남과의 거래를 중개해 주겠다고 자청했습니다."

오도원이 옆에 있는 무관을 가리켰다.

"그래서 소인과 여기 있는 황 무관이 참파 관리와 함께 직접 사이공으로 넘어갔었습니다."

세자로서는 생각지도 않은 전개였다.

개혁군주

"문제가 없었습니까? 우리 범선에는 막대한 양의 은화가 실려 있었는데요."

오도원이 웃으며 설명했다.

"참파의 발원지는 본래 대월의 중부였다고 합니다. 그런 참파가 대월의 속국이 되면서 남부로 쫓겨 내려왔다고 합니다. 그래서 명목상의 속국이지만 대월과 사이가 좋지 않았습니다."

"그런 사정이 있었군요."

"예, 그리고 참파에서 사이공까지 그들의 작은 배로도 이틀이 걸리지 않았습니다. 다행인 점은 참파가 중개해 준 덕분에 광남의 국왕인 완복영을 직접 만나 볼 수 있었습니다."

"광남의 분위기는 어떻던가요?"

"광남이 200년 넘게 지배한 지역입니다. 그래서 자신들은 대월이 아닌 광남이라는 인식이 더 강하였습니다."

"완복영이 사이공을 탈환한 것을 반겼겠군요."

"그렇사옵니다. 그리고 프랑스 사람들이 의외로 많다는 느낌을 받았습니다."

"그래요?"

"예, 제가 광남 국왕을 친견했을 때도 프랑스 사람이 옆에서 있었습니다. 프랑스 교관들이 광남의 군대를 훈련시키고 있다고 하고요."

세자는 대강의 상황을 짐작할 수 있었다.

'그렇구나. 광남 왕이 프랑스의 도움을 받아 대월을 통일

하는구나. 그 도움이 화근이 되어 끝내 프랑스의 식민지가 되었어.'

"광남의 국왕을 만나 보니 어떤가요?"

"삼십 대로 보이는 국왕은 한눈에 봐도 대단한 지략가로 보였습니다."

이어서 자신이 본 소감을 밝혔다. 그 말을 들은 세자가 고개를 끄덕였다.

"그런 인물이라면 대월과의 통일 전쟁에서 최후의 승자가 될 가능성이 크겠네요."

"소인이 봐도 그러했습니다. 대월의 황제는 어린 것도 문제지만 강단이 없어 보였습니다. 반면에 광남 국왕은 우리의 요청을 그 자리에서 승낙할 정도로 결단력이 대단했습니다."

박종보가 크게 반겼다.

"양곡 매입에 성공했다는 말이군요."

"예, 그것도 청국보다 절반도 안 되는 천은 한 냥에 쌀 석 섬을 받기로 했습니다."

보고를 듣던 이원수의 눈이 커졌다.

"그렇게나 싸게 들여올 수 있단 말입니까?"

"저희가 찾은 사이공 일대는 곡창지대입니다. 날씨도 늘 덥고 비가 많이 오는 지역입니다. 특히 메콩강이라는 엄청나게 큰 강도 흐르고 있어서 삼모작이 가능하다고 합니다."

옆에 있던 무관이 부언했다.

개혁군주

"저희가 그들의 안내로 들판에 나가 본 적이 있습니다. 놀랍게도 벌써 첫 번째 추수를 거의 마치고 새로 벼를 심는 곳이 많았습니다."

"하! 대단했겠구나."

"그런 논이 지평선 끝까지 펼쳐져 있는 장면은 실로 장관이었습니다. 그런데 이들이 쌀을 먹어 보니 단점이 하나 있더군요."

세자가 지적했다.

"찰기가 없지요?"

"그렇습니다. 허나 보리쌀보다는 먹기가 훨씬 좋고 값도 쌉니다. 소장이 봤을 때, 곡식이 귀한 춘궁기 구휼미로는 제격이었습니다."

박종보가 거들었다.

"천은 한 냥에 쌀이 석 섬이면 보리보다 싸기는 하군요."

오도원이 나섰다.

"그렇습니다. 놀랍게도 광남 왕은 백만이 아니라 이백만 석도 매각할 수 있다고 했습니다."

"그렇게나 많이요?"

오도원이 상황을 설명했다.

"저희가 대월과 교역했다는 사정을 듣고서 그런 제안을 했습니다. 제가 보기에 광남 왕은 대월의 은으로 군자금을 마련한다는 명분을 세우려고 그런 말을 한 것 같았습니다."

세자가 확인했다.

"그럴 수도 있겠네. 그러면 우리 공산품은 받아 주지 않겠다고 하던가요?"

"그렇지는 않았습니다. 저들은 홍삼도 좋아했지만, 공산품과 의약품에 더 열광했습니다."

"공산품과 의약품을 전쟁 물자로 생각하고 있나 보군요."

"예, 저도 그런 느낌을 받았습니다. 그래서 비가 오면 쓰지 못하는 성냥보다 비싸도 제값을 하는 발화기를 대량 주문했습니다. 치료용 소독제도요. 아! 그리고 탈곡기도 마찬가지입니다."

"역시 난세의 영웅이군요. 그러면 양곡은 언제 구매할 수 있다고 합니까?"

"언제라도 오라고 했습니다."

"그래요?"

"예, 저하. 그리고 지속적으로 쌀을 수입해 갔으면 좋겠다는 제안도 했습니다."

세자가 어렵지 않게 알아들었다.

"경지 면적을 늘리려는 거로군요."

"그렇사옵니다. 저들의 말에 따르면 땅은 끝도 없이 많다고 했사옵니다. 그런데 쌀을 생산해도 소비할 곳이 없어서 땅을 놀린다고 했습니다."

"우리와는 정반대 상황이군요."

"예, 그렇게 놀리는 땅이 엄청나게 많다고 했습니다. 만일 우리가 정기적으로 쌀을 수입하겠다는 계약을 해 주면 당장 일정 지역을 개간해 논으로 만든다고 했습니다."

세자가 잠시 고민하다 결정했다.

"그렇게 합시다. 청국 쌀이 좋기는 하지만 대량매입은 어렵게 될 겁니다. 그 대안으로 저들과 장기 계약을 체결합시다."

"장기 계약까지요?"

"그래요. 그 대신 천은 한 냥에 쌀 넉 섬을 달라고 하세요. 그리고 쌀을 분기별로 수입을 해 가겠다고 하고요. 그러면 저들도 흔쾌히 우리 제안을 받아들일 겁니다."

오도원이 우려했다.

"저하, 쌀이 필요한 건 춘궁기입니다. 그런데 분기별로 양곡을 수입하면 보관에도 문제가 될 소지가 있사옵니다."

세자가 고개를 저었다.

"그렇지 않아요. 가을이나 겨울에 가져온 쌀은 군용으로 돌리면 됩니다."

"맛없는 쌀이 공급되면 사기에 문제가 되지 않겠사옵니까?"

"그냥 주면 문제가 되겠지요. 그러나 밀가루를 섞어 건빵을 만들면 군용으로는 그만입니다. 그렇게 만들어진 건빵을 미숫가루와 함께 먹으면, 야전에서는 더없이 좋은 식량이 되지요."

오도원이 탄성을 터트렸다.

"아! 역시 저하십니다. 그런 방법으로 배급을 하면 되겠군요."

"그리고 떡국을 만들어서 급식할 수도 있어서, 잘만 활용하면 의외로 큰 도움이 될 수 있습니다."

이 말에 다들 고개를 끄덕였다.

"앞으로 공업화가 진행되면 사람들이 공장으로 대거 몰려들게 되어 있습니다. 그리되면 농사짓는 사람이 부족하게 되고요. 물론 그렇게 되기 위해서는 상당한 시간이 필요하겠지만, 그에 대한 대비는 미리 해 둘 필요가 있어요."

오도원이 의외의 제안을 했다.

"저하! 이렇게 하는 건 어떻습니까?"

"좋은 방안이 있습니까?"

"우리와 장기 계약을 맺게 되면 저들은 분명 일정 지역을 지정해 쌀을 재배하게 될 겁니다. 그런 지역에 우리가 먹는 볍씨를 주고 재배하게 하는 건 어떻겠습니까?"

세자가 탁자를 쳤다.

"오! 그거 아주 좋은 생각입니다. 그렇게 간단한 방법이 있었는데 공연한 머리를 썼네요. 좋은 제안 고맙습니다, 오부대표."

세자가 너무 기뻐하자 오도원이 조심스러워했다.

"그런데 저하, 혹여 우리 벼가 광남에 맞지 않을 수도 있지 않겠습니까?"

세자가 고개를 저었다.

"그 점은 걱정 마세요. 그 지역이 벼의 원산지여서 재배에

개혁군주

는 전혀 문제가 되지 않을 거예요."

"아! 그러면 다행이옵니다."

"그리고 우리가 남방 쌀이 입에 맞지 않듯이, 저들도 찰기가 많은 우리 쌀이 입에 맞지 않아요. 그래서 계약 재배를 하게 되면 우리만 가져올 수 있게 되는 겁니다."

"전용이 어렵다는 말씀이군요."

"그렇지요."

세자가 지시했다.

"이 사업은 교역보다 더 중요할 수 있어요. 그러니 오 부대표가 전담해서 처리해 주세요."

오도원이 급히 고개를 숙였다.

"반드시 좋은 성과를 거둬 보겠습니다."

세자가 자리에서 일어났다.

"아바마마께 보고를 드리러 가 볼게요. 아바마마께서 이 사실을 아시게 되면 크게 기뻐하실 겁니다."

박종보도 흐뭇한 미소를 지었다.

"잘 다녀오십시오. 신이 생각해도 주상 전하께서는 무엇보다 이번 일을 기뻐하실 것이옵니다."

이원수가 일어났다.

"가시지요. 소장이 모시겠습니다."

오후여서 편전에는 사람이 없을 시각이다. 그런데 편전에는 의외의 사람이 들어 있었다.

정치군인이 문제다

편전에 들어와 있는 사람은 김종수였다. 오랜만에 입궐한 그를 본 세자가 공손히 머리를 숙였다.

"봉조하 대감이시군요."

김종수가 웃으며 답례했다.

"허허허! 오랜만에 뵙습니다, 저하. 그동안 잘 지내셨습니까?"

"예, 저는 잘 지냈습니다. 그런데 대감께서는 환후는 다 떨쳐 내신 것이옵니까?"

"늙어서 생기는 병이어서 쉽게 떨어지지가 않네요. 그나마 요즘은 겨우 움직일 만해서 오늘 입궐하게 되었습니다."

"다행이옵니다."

"그런데 이 시간에 편전을 찾으시다니, 무슨 일이 있는 겁니까?"

"남방의 대월에 갔던 상무사 상선이 돌아왔습니다. 그래서 그 결과를 아바마마께 보고드리려고 찾아뵈었어요."

김종수의 안색이 굳어졌다.

"상무사의 일로 주상 전하를 찾아뵈었다고요?"

그의 말이 추궁하듯 들렸다.

대부분의 사람은 김종수의 딱딱한 말투만 들어도 대번에 위축된다. 그러나 세자는 오히려 이상하다는 듯 반문했다.

"예, 그런데 대감께서 왜 이러시지요? 저에게 하실 말씀이라도 있는 건가요?"

김종수가 정색을 하며 질책했다.

"저하! 저하께서는 장차 이 나라의 대통을 이어 나가실 분이옵니다. 그런 저하께서 한낱 장사 결과를 갖고 편전을 드나드시다니요. 그런 일은 아랫것들에게 맡기시고, 그럴 시간에 경전을 연구하시며 심신을 수양하셔야 하옵니다."

국왕의 표정이 대번에 굳었다.

대외 교역은 이미 조정 중론을 모았다. 더구나 조정에 막대한 도움을 주고 있었다.

그런데 김종수가 그런 일을 주도하는 세자를 느닷없이 추궁했다. 국왕의 눈에 불이 일어날 수밖에 없었다.

세자는 순간 어리둥절했다.

그러나 이내 김종수가 의도를 갖고 발언하고 있다는 점을 알아챘다. 전생에서 정치를 하며 온갖 더러운 일을 다 겪은 세자였다.

그런 세자였기에 반응이 남달랐다.

"대감께서 이상한 말씀을 하시네요? 저는 일개 사대부가 아닙니다. 제가 경전을 공부하고 심신을 수양하는 목적은 나라를 잘 경영하고 백성을 보다 잘살게 하기 위함이 아닙니까?"

김종수는 순간 멈칫했다.

생각대로라면 자신의 추궁에 세자가 안절부절못해야 한다. 그러면 적당히 어르고 달래면서 본래의 계획을 국왕과 담판 지으려고 했다.

그런데 세자의 반응이 예상 밖이었다.

그래서 더 강하게 나갔다.

"저하께서는 국본이기에 앞서 사대부이십니다. 그런 저하께서는 당연히 누구보다 더 열심히 경전을 곁에 두고 사셔야 하옵니다."

세자가 조금도 물러서지 않았다.

"원론적인 말씀은 저도 잘 알아요. 그보다 조금 전의 질문을 먼저 답해 주시지요?"

김종수의 얼굴이 붉어졌다.

모처럼 입궐한 건 국왕에게 상무사의 일을 따지기 위해서다. 그런데 그런 말을 꺼내기도 전에 세자가 편전을 찾았다.

김종수는 잘되었다고 생각했다.

그래서 세자를 꾸짖으며 기선을 제압하고서 국왕과 협상하려 했다. 그런데 세자의 반응이 자신의 생각과는 너무도 달랐다.

놀라기는커녕 반격까지 받은 상황이었다. 거듭된 세자의 추궁에 답을 해 주지 않을 수 없었다.

그러나 천하의 김종수다.

그가 능수능란하게 말을 풀었다.

"어험! 저하의 말씀이 맞습니다. 당연히 나라와 백성을 위함이지요. 그러나 저하께서는 보령이 유충하십니다. 아직 세상이 어떤지를 경험해 보지 못했다는 말씀입니다. 그런 저하께서 너무 한 가지 일에만 몰두하시다 보면 어떻게 되겠습니까? 당연히 시야가 좁아질 우려가 있사옵니다. 신이 방금 질책의 말씀을 드린 연유는 그 때문입니다."

의외로 국왕이 동조했다.

"봉조하의 말이 옳다. 과인도 세자가 혹여 외골수가 될까 저어하는 마음이 없지 않다."

김종수의 목소리가 높아졌다.

"그렇사옵니다. 저하의 보령 때에는 상업보다 호연지기(浩然之氣)를 배양하셔야 하옵니다. 공부는 다 때가·있사옵니다. 그때를 놓치면 평생을 후회하게 되옵니다."

조금도 틀린 말이 아니었다.

그리고 너무도 절묘하게 말을 하며 세자를 은근히 압박했다. 그의 말을 들은 세자의 머릿속은 복잡하게 돌아갔다.

'그래. 이런 일은 정공법이 최고지.'

세자가 바로 핵심을 찔렀다.

"대감께서는 제가 상무사 일에서 손을 떼기를 바라는 겁니까?"

누구도 생각 못 한 질문이었다.

국왕이 깜짝 놀라며 김종수를 돌아봤다. 그는 갑작스러운 세자의 질문에 놀라 헛기침을 했다.

"험! 험! 꼭 그런 것이 아니라⋯⋯."

국왕도 산전수전 다 겪은 사람이다. 김종수의 태도를 보며 그가 무슨 생각을 하고 있는지 대번에 알아챘다.

김종수가 당황한 건 세자가 대놓고 정곡을 찔러서였다.

세자가 그런 빈틈을 매섭게 팠다.

"저는 이상한 생각이 드네요?"

"무엇이 말이옵니까?"

"처음 상무사를 창설할 때 이런 식으로 반대하고 나왔어야지요. 그랬으면 아바마마께서는 분명 창설도 못 하게 하셨을 거예요. 그런데 그때는 아무 말씀이 없으셨다가 왜 이제 와서 이런 말씀을 하시는 건가요? 혹여 대외 교역이 예상보다 너무 잘되어서 문제인 건가요?"

김종수는 순간 멈칫했다.

세자의 지적이 그만큼 뼈를 때렸기 때문이다. 그래서 그가 머릿속을 정리해서 반박하려 하는데, 세자가 먼저 말을 이었다.

"경전의 말씀은 진리라고 배웠습니다. 그런 경전을 누구보다 많이 공부하고 연구하신 대감의 말씀은 진리가 맞겠지요?"

궤변이라 할 수 있다. 그런데 아니라는 말을 하려니, 자신의 지식을 부정하는 모양새가 되었다.

"신의 말이 진리까지는 아니옵니다. 허나 지금까지 허투루 말한 적은 없었사옵니다."

"역시 대감이세요. 그런데 이상하네요?"

김종수는 뭔가 이상하다는 느낌이 들었다. 세자와 말을 하면 할수록 자신이 말려드는 것 같았다.

"……뭐가 말입니까?"

"저는 교역을 시작할 때나 지금이나 똑같아요. 부국강병을 위해 교역하겠다고 했고, 그걸 진행하고 있어요. 그런데 대감께서는 그때는 동의하셨다가 이제는 안 된다고 말씀하시네요. 혹시 그때는 맞고 지금은 틀린다는 건가요?"

김종수의 얼굴을 붉어졌다.

국왕은 흥미진진한 표정으로 두 사람의 토론을 지켜봤다.

국왕은 그동안 김종수와 수없이 많은 설전을 벌여 왔다. 그러는 동안 그의 논리를 꺾어 본 적이 별로 없다. 특히 사도 세자에 관한 문제에서는 철저하게 그의 논리에 눌려 왔다.

그런데 세자는 달랐다.

놀랍게도 격한 논쟁을 하지도 않았다. 단지 몇 마디 말로 김종수를 너무도 간단히 제압했다.

이런 상황은 김종수가 자초했다.

그는 국왕과의 협상에 이용하려고 세자를 적당히 얽어 넣으려고 했다. 세자는 그런 속내를 읽고서는 거꾸로 그를 궁지로 몰아 버린 것이다.

김종수가 자책했다.

'하! 이거 내가 세자를 너무 만만하게 봤구나. 적당히 상대하며 주도권을 잡으려다, 외려 내가 된통 당한 격이 되었구나.'

잠시 편전에 미묘한 기류가 흘렀다. 국왕은 시종일관 말없이 상황을 지켜보기만 했다.

이렇다 보니 김종수가 먼저 입을 열지 않을 수 없었다. 그가 헛기침을 하며 입을 열었다.

"험! 전하! 오늘 신이 편전을 찾은 것은 까닭이 있어서입니다."

국왕이 고개를 끄덕였다.

"그럴 거란 생각을 했습니다. 그래, 무슨 일로 봉조하께서 모처럼 입궐하였지요?"

"신이 병석에 있다 보니 세사에 소홀한 게 많았습니다. 그러다 요즘 운신을 하면서 이상한 말을 듣게 되었습니다."

국왕도 세자도 그가 무슨 말을 하려는지 눈치를 챘다. 그러나 국왕은 짐짓 모른 척하며 반문했다.

"무슨 말을 들으셨지요?"

"얼마 후면 상무사와 교역한 화란 상인이 양이들의 물건을 들여온다고 들었습니다. 이게 사실입니까?"

"맞습니다. 지난해 도입 계약을 맺어서 곧 들어올 예정입니다."

김종수가 다시 힘을 냈다.

"전하! 양이들의 물건을 들이다니요. 천부당만부당하옵니다. 해괴한 물건이 들어오면 미풍양속을 저해할 뿐 아니라 혹세무민할 가능성이 크옵니다. 당장 도입을 중단해야 하옵니다!"

세자가 나섰다.

"대감은 서양 문물을 왜 배척하시지요?"

"그야 조선에 맞지 않으니 그러는 것이지요."

"대감께서는 서양 문물을 잘 아시나 보옵니다. 제가 어떤 물건을 도입할지 알아보지도 않고 무조건 도입하면 안 된다고 말씀하시니 말입니다."

세자가 다시 날카롭게 추궁했다. 대답할 말이 궁색해진 김종수의 안면이 일그러졌다.

그것을 본 국왕이 나무랐다.

"세자는 말을 삼가라. 봉조하 대감은 나에게 스승이나 다름없는 분이시다."

세자가 몸을 숙였다.

"송구합니다, 대감. 제가 너무 말이 경솔했습니다."

분명 세자가 사과한 게 맞다.

개혁군주

그런데 이상하게도 김종수의 귀에는 사과로 들리지 않았다. 그렇다고 세자를 무시할 수는 없었다.

"별말씀을 다 하십니다."

국왕이 나섰다.

"경륜이 많은 대감께서 이런 말씀을 하시는 건 다 까닭이 있어서겠지요. 어디, 그 연유를 말씀해 주시지 않겠습니까?"

김종수가 눈을 질끈 감았다.

본래는 적당히 긴장감을 유지하면서 대화를 이끌어 나가려 했다. 그런데 세자의 논리에 휘둘려 그만 주도권을 잃어버리고 말았다.

이런 상황에서는 무슨 말을 해도 좋은 결과를 얻기는 어렵다. 그러나 세자까지 있는 자리에서 꼬리를 말고 물러설 수도 없었다.

그가 길게 한숨을 내쉬었다.

"오늘 전하를 찾아뵙게 된 까닭은 요즘 조정 요로에서 들리는 우려 때문입니다."

국왕이 의아해했다.

"그렇습니까? 과인이 알기로 요즈음 조정의 분위기는 어떤 때보다 좋은 것으로 아는데요."

"그건 겉으로 드러난 것뿐이고, 실상은 이런저런 우려가 큽니다."

국왕의 용안이 굳어졌다.

"진상과 방납이 폐지된 것이 문제랍니까? 그로 인해 고을 수령이 보내는 토산품을 받지 못해서요?"

김종수가 펄쩍 뛰었다.

"절대 그렇지 않습니다. 신들도 방납과 진상이 얼마나 폐단이 많은 줄 모르지 않습니다. 그래서 전폭적으로 찬성해 폐지되었는데, 그걸 문제 삼을 수가 있겠사옵니까?"

"허면 무엇이 문제이지요?"

도승지 홍명호(洪明浩)가 슬쩍 거들었다. 그도 김종수와 같은 노론 벽파였다.

"요즘 수어청과 총융청이 차별을 받는다고 말들이 많다고 합니다."

김종수가 바로 말을 받았다.

"그러하옵니다. 지금까지 우리 군은 오군영 체제로 이어 왔사옵니다. 그런데 근래 들어 장용영에만 모든 역량이 집중되고 있어서, 다른 군영의 불만이 이만저만이 아닙니다."

세자가 바로 나섰다.

"장용영에 필요한 군비는 전부 상무사가 부담합니다. 그로 인해 조정의 부담이 없어졌는데, 왜 그게 문제가 된단 말인가요?"

"총융청과 수어청도 같은 군영입니다. 그런데 장용영에게만 전폭적인 지원을 하고 있으니 상대적인 박탈감을 느끼지 않겠사옵니까?"

개혁군주

세자가 고개를 갸웃했다.

"이상한 일이네요?"

"무엇이 이상하단 말씀이옵니까?"

"장용영은 모병한 병사들입니다. 훈련도감처럼 말이지요. 그런데 총융청과 수어청은 속오군(束伍軍) 병력입니다. 그렇게 병사들이 차이가 나는데 어떻게 같은 대우를 한단 말인가요?"

국왕도 거들었다.

"세자의 말이 맞소이다. 과인은 조정의 부담을 덜어 주기 위해 상무사까지 만들었지요. 그로 인해 요즈음 병조의 군비가 이전보다 풍족해졌는데, 무엇이 문제란 말인가요?"

국왕과 세자가 다르지만 같은 말을 했다. 두 사람의 말이 추궁하는 것처럼 들렸는지 김종수의 목소리가 높아졌다.

"전하! 오군영의 병력은 모두가 전하의 군대이옵니다. 그런 군대를 차별한다는 것은 군의 사기에 막대한 영향을 끼칠 수 있사옵니다. 그리고 그런 불만이 쌓이면 불상사가 일어날 수도 있고요."

국왕이 정색을 했다.

"지금 봉조하께서는 군의 기강이 문제가 있다고 말씀하는 겁니까?"

김종수가 자책했다. 목소리가 높아지다 보니, 해서는 안 될 말을 했기 때문이다.

그가 바로 꼬리를 내렸다.

"꼭 그렇다는 말은 아닙니다. 하지만 이대로 차별이 지속되다 보면 문제가 되지 않겠사옵니까?"

세자가 다시 나섰다.

"봉조하 대감께서는 간단한 문제를 어렵게 말씀하시네요."

김종수가 멈칫했다.

"좋은 방안이라도 있으신 겁니까?"

"예, 그래요."

도승지가 바짝 관심을 가졌다.

"저하! 말씀해 보시옵소서. 신도 무척이나 궁금하옵니다."

"두 군영을 장용영과 통합하면 되잖아요. 그러면 지금과 같은 말이 나오지 않을 거 아녜요?"

김종수와 홍명호가 순간 말을 못 했다.

차별 지원을 물고 늘어져 장용영의 확대를 막으려고 했다. 그래야 왕권이 강화되는 걸 막을 수 있기 때문이다.

그런데 세자는 거꾸로 한 발 더 나가, 두 군영의 통합을 주장하고 나왔다.

세자의 나이로만 보면 세상 물정 모르는 말로 치부하면 된다. 그러나 그냥 그렇게 넘기기에는 뭔가 꺼림칙했다.

김종수가 차분히 설명했다.

"저하! 우리 군은 오래전부터 오군영 체제를 유지해 오고 있습니다. 국초에는 삼군부였고요. 그렇게 군의 지휘 체계를 분리한 까닭은 만일에 대비해서이옵니다."

세자가 바로 말을 받았다.

"맞는 말씀이에요. 지금까지 그렇게 해 온 가장 큰 원인이 무엇인지 대감께서도 잘 알고 계시지요?"

"그거야 잘 알지요."

"그 원인을 말씀해 주실 수 있겠습니까?"

김종수는 당황했다.

군권 분산이 역모를 방지하기 위함이란 사실을 모르는 사람이 없다. 그런데 누구보다 영특한 세자가 이유를 알려 달라고 하니 찜찜했다.

그렇다고 대답하지 않을 수 없었다.

"군권이 일원화되면 사특한 무리가 악용하였을 때 대체할 병력이 없어지게 됩니다. 그런 일을 방지하기 위해 우리 조선은 국초부터 군권을 분산시켜 놓은 것이옵니다."

"아! 그랬군요. 그런데 지금처럼 도성에 금군만 주둔하면 그런 걱정을 하지 않아도 되는 거 아녜요?"

김종수가 다시 자책했다. 세자가 왜 이런 말을 했는지 눈치챘기 때문이다.

그렇다고 답을 하지 않을 수 없었다.

"그렇기는 하옵니다. 허나 금군이라고 해서 무작정 안심할 수는 없는 일이옵니다."

세자의 말이 거침이 없었다.

아니, 대놓고 추궁했다.

"어이가 없는 말씀을 하시네요. 아바마마와 왕실을 보호하는 금군을 믿지 못하다니요. 그러면 조선에서 믿을 수 있는 병력은 도대체 어디입니까?"

"……."

분명 나이 어린 세자가 맞다.

그런 세자의 질책이 폐부를 후볐다. 칠십이 다 된 김종수의 이마에 식은땀이 배었다.

세자의 추궁은 끝나지 않았다.

"우리 조선이 군을 불신하게 된 가장 큰 원인이 있습니다. 대감께서는 혹시 그 원인이 무엇인지 아십니까?"

여러 생각이 머릿속을 스쳐 지나갔다. 그러나 문제가 워낙 많아 뚜렷이 하나를 찍어 낼 수 없었다.

"……솔직히 무어라 꼭 집어서 말씀드릴 수가 없사옵니다."

국왕은 크게 놀랐다.

지금까지 단 한 번도 고개를 숙이지 않았던 김종수다. 그만큼 당당했고 이론 무장도 완벽해서, 자신도 대부분 그의 주장을 받아들여 왔다.

그런데 처음으로 그가 머리를 숙였다. 그것도 불과 일곱 살의 세자에게.

그런데도 세자는 조금도 당황하지 않았다. 국왕은 그 모습이 더 놀랍고 생경했다.

세자의 말이 이어졌다.

"대감께서 말을 못 하신 건 원인이 하나둘이 아니어서일 겁니다. 그러나 가장 큰 문제는, 아니 안타까운 사실은 우리 조선의 군대가, 특히 지휘부가 정치군인이라는 점입니다."

모든 사람이 어리둥절했다.

국왕이 바로 지적하고 나왔다.

"세자, 정치군인이 무슨 말이냐?"

도승지도 놀라 반문했다.

"그러하옵니다. 신은 정치군인이란 말은 금시초문이옵니다."

세자가 김종수를 바라봤다.

"대감께서도 처음 듣는 말이지요?"

"그렇습니다."

세자가 잠시 생각을 정리했다.

"조정이 군을 믿지 못하게 된 건 전적으로 제도의 부재 때문입니다. 우리 조선은 안타깝게도 문관과 무관이 엄격하게 구분되어 있지 않습니다. 아니 시작은 철저하게 구분해 놓고는, 조금만 시간이 지나면 구분이 모호해집니다."

도승지 홍명호가 즉각 동감했다.

"옳은 말씀이옵니다. 무관은 무관으로서의 소임만 하면

되는데 그렇지 못한 게 현실입니다."

"맞는 말씀입니다. 각자가 자신의 직분에 맞는 일만 잘하면 세상은 평안해지지요."

국왕이 눈을 빛냈다. 이전에 세자와 대화를 나눴을 때 했던 말이 생각났기 때문이다.

세자의 말이 이어졌다.

"그런 부분을 바로잡아야 합니다. 그리고 그렇게 하기 위해서는 군과 행정의 분리도 반드시 필요하고요."

김종수가 바로 반대했다.

"저하! 군정이 분리되면 지방의 치안이 당장 어지러워집니다. 그리고 지방의 군진은 누가 담당한단 말이옵니까?"

김종수는 이어서 여러 이유를 들어서 반대를 했다. 세자는 아무런 반박도 하지 않고 그의 말을 끝까지 들어 주었다.

한동안 설명하던 김종수가 멈칫했다. 자신이 너무 흥분했다는 사실을 깨닫고는 헛기침을 했다.

"험! 험! 하여튼 군정 분리는 바람직하지 않사옵니다."

"봉조하 대감. 경찰청 조직이 점차 확대되어 가는 것을 알고 계시나요?"

"알고 있사옵니다."

"그 경찰청이 종내는 모든 고을에 경찰서와 지서를 두게 됩니다. 이 경찰이 바로 치안을 담당하지요. 그렇게 되면 어떻게 될까요?"

이번에는 국왕이 나섰다.

"그렇게 되면 고을 수령이 치안을 담당할 필요가 없지."

"그렇사옵니다. 지금까지 고을 수령은 무소불위의 권력을 휘둘렀습니다. 그로 인한 폐단은 제가 말을 하지 않아도 대감께서 더 잘 아실 것이옵니다. 그럼에도 손을 대지 못한 까닭은 지방 행정이 붕괴될 것을 우려해서입니다. 그렇지 않습니까?"

김종수가 마지못해 고개를 끄덕였다.

"그렇사옵니다."

"그런데 아바마마께서 용단을 내리셔서 법원과 검찰이 생기면서 상황이 달라졌습니다. 이어서 경찰청이 창설되면서 금군을 제외한 병력이 전부 도성을 비웠고요. 다행히 상무사의 교역이 성공하면서 세수가 대폭 증대되면서 경찰청 조직이 급속히 안정을 찾아가고 있습니다. 대감, 여쭙고 싶은 게 있습니다."

"하문하시지요."

"이렇게 경찰 조직이 완비되었는데도 치안을 고을 수령이 맡아야 하나요? 아니면 조정이 장악하고 있는 경찰이 맡아야 하나요?"

김종수가 탄성을 터트렸다. 비로소 세자의 계획을 알아챘기 때문이다.

"아!"

도승지 홍명호는 한 발 더 나갔다.

"당연히 조정이 맡아야지요. 그래야 지방 행정을 조정에서 통제할 수 있사옵니다."

세자는 말없이 김종수를 바라봤다.

세자의 시선을 바로 받지 못한 그가 한동안 고개를 숙였다.

그러던 그가 고개를 들었다.

"신의 생각이 짧았습니다. 경찰이 치안을 담당한다면 저하의 말씀대로 적절한 시기에 지방 수령의 군권을 회수하는 게 맞습니다."

국왕이 깜짝 놀랐다.

"봉조하 대감께서 이런 말씀을 하실 줄 몰랐습니다."

김종수가 씁쓸히 웃었다.

"허허! 신이 나이를 먹기는 먹었나 보옵니다. 세상을 멀리 보지 못하고, 그저 과거의 망령에서 허우적거리고 있었사옵니다."

"별말씀을 다 하십니다. 우선 세자의 말이나 마저 들으시지요."

"알겠사옵니다."

세자가 말을 이었다.

"지방 군권을 분리하려면 당연히 조정에서도 문무관의 업무를 철저하게 분리해야 합니다. 그래야 무관이 문관의 영역

개혁군주

을 침범하지 않게 됩니다."

도승지 홍명호가 질문했다.

"저하의 말씀은 조정에서도 군정과 행정을 완전히 분리해야 한다는 말씀이군요."

"그렇습니다. 그리고 무관이 되기 위해서는 지금의 무과만으로는 부족합니다."

이번엔 국왕이 나섰다.

"좋은 방안이 있단 말이냐?"

"문관은 성균관에서 몇 년을 수학합니다. 그러면서 유능한 인재로 길러지고요. 무관도 나라의 한 축입니다. 그런 무관도 무관학교를 만들어 몇 년 동안 교육을 받아야 합니다. 무관이 교육을 통해 철저하게 소양을 갖추게 되면, 오로지 아바마마와 나라에만 충성하게 됩니다."

세자는 자신이 계획을 상세히 설명했다. 다른 때였다면 김종수가 몇 번이나 제지했어도 했다.

그러나 그는 심각한 표정으로 경정했다. 그러다 미진한 부분은 질문까지 하며 적극적으로 참여했다. 그 바람에 편전이 후끈 달아올랐다.

이윽고 모든 설명이 끝나자 김종수가 장탄식을 했다.

"장강후랑추전랑(長江後浪推前浪)이라는 말이 오늘에야 뼈저리게 느껴지옵니다. 오늘 세자 저하께서 신에게 새로운 세상이 온다는 사실을 알려 주셨습니다."

김종수는 강직한 사람이다. 그래서 편협하다는 말을 듣기도 했으나, 결코 어리석지는 않았다.

그가 세자를 바라봤다.

"참으로 대견하시옵니다."

"과찬이십니다."

김종수가 고개를 저었다.

"아닙니다. 개혁을 이렇게 하나하나 차곡차곡 이뤄 나간다면 누가 감히 반대하겠습니까?"

그가 잠시 머뭇거리다 말을 이었다.

"솔직히 오늘 신은 주상 전하께 상무사의 일을 문제 삼으러 왔었습니다. 두 분 마마께서 추진하시는 대외 교역으로 인해 너무도 강력해지는 장용영을 제어하기 위해서요. 그러나 저하의 말씀을 듣고 보니 그럴 필요가 없어졌습니다."

"왜 그런 생각을 하셨어요?"

"모두가 전하의 군대이옵니다. 그런 군대가 오군영이면 어떻고 삼군부면 어떻고, 또 군이 일원화되면 어떻습니까? 오직 주상 전하와 나라에 충성하면 그만이옵니다."

실로 파격이었다.

조정 대신들에게 군도 권력이었다.

그래서 누구 할 것 없이 이런저런 이유를 대며 군과의 끈을 이어 오고 있었다.

그런데 벽파의 영수인 김종수가 그걸 부정하고 나왔다.

그의 말에 국왕도 놀라고, 세자도 놀랐다. 지금껏 누구도 군에 대해 이런 말을 한 적이 없었다.

그러나 세자는 냉정했다.

다음 권으로 이어집니다

만렙닥터

13월생 현대 판타지 장편소설

리턴즈

인생 2회 차 경력직 신입
칼솜씨도, 인성도 '만렙'인 의사가 돌아왔다!

만성 인력난에 시달리는 흉부외과에 들어온 인턴
메스도 잡아 본 적 없는 주제에
죽을 생명을 여럿 살려 내기 시작한다?

"이 새끼, 꼴통 맞네."
"죄송합니다."
"잘했어!"
"네?"

출세만을 좇으며 살았던 전생
이렇게 된 이상 인생도 재수술 한번 가자!

무데뽀(?) 정신으로 무장한 회귀 의사
이제부터 모든 상황은 내가 집도한다!

꿈의 도약, 로크에서 하십시오
(주)로크미디어에서 신인 작가를 모십니다

즐거운 세상, 로크미디어는 꿈을 사랑하고 도전을 두려워하지 않는 작가 분들의 참신한 작품을 기다리고 있습니다. 21세기 장르 문학계를 이끌어 갈 차세대 선두 주자 (주)로크미디어에서 여러분의 나래를 활짝 펴 보시길 바랍니다.

모집 분야 판타지와 무협을 포함한 장르 문학
모집 대상 아마추어 작가, 인터넷 작가
모집 기한 수시 모집

작품 접수 시 유의 사항

1. 파일명은 작가명_작품명.hwp형식을 갖춰 주십시오.
1. 파일에 들어갈 내용은 다음과 같습니다.
   - 성명(필명인 경우 실명을 밝혀 주세요), 연락처, 이메일 주소
   - 제목, 기획 의도
   - A4용지 1장 분량의 등장인물 소개
   - A4용지 2장 분량의 전체 줄거리
   - 본문
1. 작품이 인터넷에 연재되고 있다면, 게시판명과 사이트의 구체적이고 정확한 주소를 기재해 주십시오.

선택된 작품은 정식 계약 후 출판물로 간행되어 전국 서점에 유통됩니다.
작가 분은 (주)로크미디어의 전폭적인 지원하에 전속 작가로 활동하시게 됩니다.
※ 자세한 내용은 로크미디어 홈페이지(rokmedia.com)를 참조하세요.

(03920)서울시 마포구 성암로 330 DMC첨단산업센터 3층 318호
(주)로크미디어 편집부 신간 기획 담당자 앞
전화 : 02) 3273-5135
www.rokmedia.com   이메일 : rokmedia@empas.com

The Final
더 파이널

유성 퓨전 판타지 장편소설

「아크」「로열 페이트」「아크 더 레전드」
작가 유성의 새로운 도전!

회귀의 굴레에 갇혀 이계로의 전이와 죽음을 반복하는 태영
계속되는 죽음에도 삶에 대한 의지를 불태우던 어느 날

갑자기 시작된 침식으로 이계와 현대가 합쳐진다!

두 세계가 합쳐진 순간,
저주 같던 회귀는 미래의 지식이 되고
쌓인 경험은 태영의 힘이 되는데……

이계의 기연을 모조리 흡수해
누구도 넘볼 수 없는 전사로 우뚝 서다!

변호사 윤진한

이해날 현대 판타지 장편소설

ROK
MEDIA
로크미디어

『어게인 마이 라이프』의 작가 이해날,
당신의 즐거움을 보장할
초특급 신작으로 돌아왔다!

아버지의 복수를 위해
악랄한 변호사가 되었으나 대기업에 처리당한 윤진한
로펌 입사 전으로 회귀하다!

죽음 끝에서 천재적인 두뇌를 얻은 그는
대기업의 후계자 경쟁을 이용해
원수들의 흔적마저 지우기로 결심하는데……

악마 같은 변호사가 그려 내는
두 번의 인생에 걸친 원수 파멸극!